U0927766

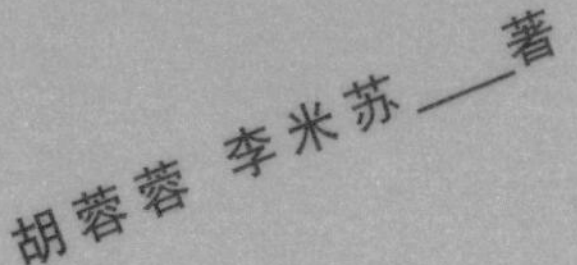
胡蓉蓉 李米苏——著

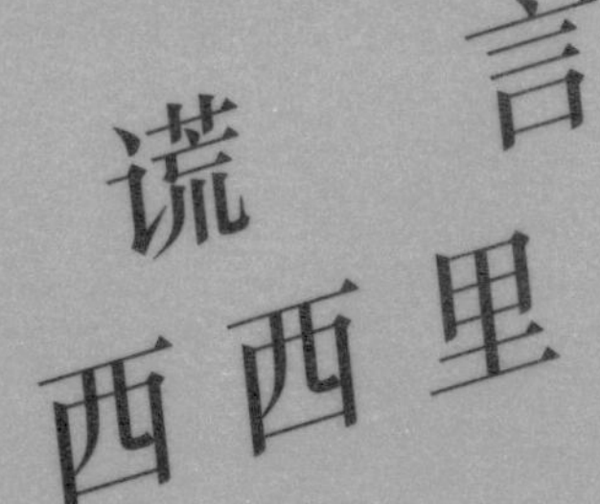
谎言
西西里

江苏凤凰文艺出版社
JIANGSU PHOENIX LITERATURE AND
ART PUBLISHING, LTD

西西里谎言

胡蓉蓉 李米莎——著

江苏凤凰文艺出版社
JIANGSU PHOENIX LITERATURE AND ART PUBLISHING, LTD

Never Said Goodbye

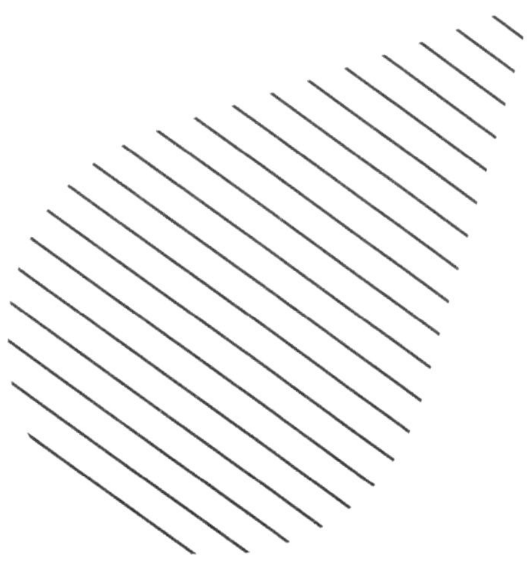

/目录/

楔子

俊浩依稀记得西西里岛炎热的喧嚣，仿佛就在昨天，巨大轮廓的太阳如一轮喷发出的火球，高高地挂在天顶，万里无云，一碧如洗，只剩湛蓝。太阳下的山脉和丘陵以及错落有致的木盒子似的牙白色的房子，镶嵌在崖壁之上，依山而立，浴在日温里，现出火色，好像随时可以燃烧一样。

整个欧洲的人都已聚集在这座意大利最大的岛屿上，海岸线、地下墓穴、火山岩、神庙，吸引了无数的游人，古希腊神庙、剧场、宫殿，坐落在幽幽青山之中，散发着陈旧奢华的古铜色，引人无限遐想。

此刻，俊浩头枕着双手，安静地躺在姐姐家的橄榄园之中，睡在一大片绿叶之上，悠然且沉静，橄榄快丰收了，青黄各异的果实在微风中摇晃。西西里很快又要恢复往日宁静，他也可以安安静静躺在此地。阳光依然浓烈，穿过驳杂的树叶的缝隙，照在他的脸上，他叼着一片青草叶，无法睁开双眼。

离开她多久了？久到需要重新清算他们的过往。在微风拂动之后，叶子遮住了明晃晃的忧伤和辛酸的过往，空气闷热，巨大的奔马云和火山云轮廓灰银，又过一阵，混成一团，什么也不像了。他微微睁开眼睛，一切都是蓝色的，仿佛全新，连同这亲爱的世界。

2014年10月1日，是俊浩和小悠认识的第三年零一百一十二天。

他在意大利南部西西里岛的海滨小镇，而小悠在中国上海。

一万一千公里以外。

六个小时时差。

也许消失比存在更永久，他想。

第一章 星空下的大熊来信

0℃少女

那个白得几近透明的女孩叫顾小悠。

白不仅仅是一种表象，也是一种状态，她的内心有一个白色的世界，单纯得无法涂加任何色彩，她是简单的也是纯粹的，更是倔强的。

五岁那年，妈妈永远地离开了她，她跟着爸爸生活，从一个小小少女渐渐变成裹覆着一层铠甲的女战士，于是拿着一柄利刃，开始同这世界决斗。

那是一个她永远不能忘怀的日子，像一针一线绣在她心上的画面，冰冷的妈妈被化了淡淡的妆容，抹了粉红的嘴唇，平静地躺在殡仪馆的悼念厅里，已经不能说话，也不能走过来抱住年幼的她。妈妈身边簇拥着鲜花，堆得几乎将她淹没，黄的白的菊花正在绽放着无辜的笑脸，墙上挂着妈妈的一张放大的黑白照片，淡淡地、慈爱地微笑着，而小悠笑不出来。

其他人都在哭，为一个年轻生命的消逝唏嘘不已，她没有哭，凭着五岁对这世界的感知，她认为妈妈只是去了另外一个地方，一定不希望看见她哭，所以她忍着，想用倔强告诉妈妈，请她放心，她一定会照顾自己和爸爸。

小悠从小就执拗和倔强，至今她都无法理解小时候的想法，可能妈妈的形容枯槁，让她一夜之间成长，不想妈妈更加悲伤，妈妈那时已经被病痛折磨得不成人形，憔悴虚弱得如一团棉花，失去了照片里那饱满亲切的笑容，完全变成另外一个人，但那的确是小悠的妈妈，就那样被死神带走了。

亲爱的人一旦离我们远去，痛苦是一层一层递进蔓延的，有如洪流，好像晴天的正午突然而降一场暴雨，你被淋得不停打着喷嚏，以为已经很惨，却突然想起，早晨晒在阳台的被子还没有收，可奔回家又发现，原来不知何时口袋里的钥匙已在奔跑的途中遗失，那种悲伤是突如其来、接踵而至的，没有一点办法修复。

爸爸拉着小悠的手，站在妈妈的棺木旁边，对进门的亲朋好友鞠躬谢礼。他们每个人带着悲伤的表情，有的出自真心，有的只是假装，为了迎合此刻的悲伤气氛。小悠站得直直的，看着一张张假惺惺的脸，身体微微发着颤，有那么一刻，想到妈妈从此离开了她，她几欲哭出来，但始终没哭，她知道妈妈看得到。

她分明听到旁边两个老太太在小声地议论着："这孩子怎么不哭

啊？”她们是谁她不认识，但凭什么左右别人的想法，她们不知道她真实的内心感受，仅仅只是猜测便有了多个版本。

“妈妈只是去了很远的地方。”爸爸背着她走在回家的小路上，细雨打湿了爸爸的肩头。

她搂着爸爸的脖子问：“你会不会也不要我了？”

爸爸吸了一下鼻子，感伤地说：“爸爸一辈子都陪着你！”

她渐渐安定下来，安静地趴在爸爸的肩头，是最踏实的时刻：“那咱们拉钩吧？”

“好。”爸爸伸出一只手跟她拉钩，她念着：“拉钩上吊，一百年不许变！”爸爸定定地看着她，最后他们把大拇指摁在一起。

妈妈离开了之后，小悠便跟着爸爸生活，可是爸爸也有他需要忙碌的事，所以她一直住校，学校变成她的家，原本是一个可以在爸爸妈妈怀抱里快乐成长的女孩子，一个自然而然的小公主，却因为突然的变故让她成了一个没人要的野孩子。有很长一段时间，她非常自闭，觉得自己是多余的，好像整个世界都跟她过不去，与她为敌，可她同样又是倔强的，不会向任何不易和委屈低头，骄傲且偏执，所以她始终是孤独的。

小悠一个人读书，一个人走路，一个人看电影大笑或者流泪，身边总是少了那个可以倾诉的另一半，亲人也好，朋友也罢。

她有时觉得人生孤独无趣，十几岁略显自闭倾向，特立独行看起来又是那么与众不同，可更多时候是内心的荒芜颓废，仿佛她的孤独永远没有尽头，如没有绿色的缺水的沙漠。她一个人踩着半脚黄沙踯躅前行，时常陷入沙漩之中，无人营救，四野空旷得令人心惊胆战，她只能靠自己。

从小学到中学，后来到大学，她都鲜有知心朋友可以往来。性格是一方面，她虽然对人都有所防备，外表缚着茧，内心却极其柔软，生怕受到伤害。她也曾尝试着与陌生人接触，尤其新到一所学校，想改变性格来迎合他人，把冰冷的一面藏起来，展现青春阳光，可往往冰冷的那一面却不知何时又悄悄溜出来，不经意间，她的冰雪之姿已经展现在同学面前，然后，她分明看到他们尴尬的敬而远之的虚假的微笑，接着纷纷退场离席。

爸爸看望她的时间越来越少，少到她常常忘记他，他越来越忙碌，除了忙工作还要忙生活，他有了新的女朋友，后来成为她的继母，小悠并不喜欢她。

那天，爸爸来找她，他们约在学院附近的一家快餐店里碰面，他看起来苍老了许多，妈妈已经离开快二十年了，而爸爸来看她的次数也屈指可数。

当爸爸通知小悠他要结婚时，她难掩内心的悲伤，是替妈妈的。妈妈虽然不在了，但妈妈的位置一直都在那里，高高的，庄严的，她虽触碰不到，但能感知，妈妈就在那里天天看着她，守护着她，可突然有一天，有人在爸爸的允许下强行霸占了妈妈的位置，妈妈该去哪里呢？小悠不能让这件事情发生，她必须阻止，以捍卫妈妈的尊严。

“你说过你会陪我一辈子的，自己都忘了！”小悠质问爸爸，并伸出曾经拉过勾的小手指。

“小悠，你已经不是小孩子了！”爸爸无奈地说。

小悠终于明白了一些什么，的确，爸爸说得对，她无力阻止，也没有那个资格，她已不再是从前那个可以任性撒娇、肆无忌惮的小孩子了，爸爸老了，他需要的是安慰。

“那你走吧，跟她好好过。”小悠故作轻描淡写地说。

然后，爸爸走了，他的脸映在夕阳的余晖里，像镀了一层薄薄的金，从此这张脸也不再属于她一个人，而爸爸整个人，也有另外一个女人和她带来的孩子与小悠共同分享。

小悠依然是那个孤单的女孩，独来独往，爸爸已经开始了全新的生活，回到那女人身边，守着她，给她承诺。而小悠却似乎一直走不出自己，没有方向，这样说来，她不是和那女人共同分享爸爸，而是彻底地失去了他。小悠越想越悲伤，到最后不单是她，连天堂里的妈妈也失去了爸爸，她们都被爸爸遗弃了。

小悠呆呆地坐在那里，泪水夺眶而出，一碗冷却已久的汤面不动声色地摆在面前，她全无食欲，眼泪滑落进面里，砸出一个软韧的声音。她看着黄昏的街道和匆忙的行人，路边的绿树有着斑驳的影子，快餐店里零零星星坐着食客，她已不记得他们的脸，但有一天，她的男朋友俊浩说，当时他就坐在她的对面，看着她的眼泪跌落，心生揉碎骨骼般的疼痛，她却浑然不知。

小悠的男朋友朴俊浩，在小悠眼里原本就是一个奇葩，百年不遇，他们的八字根本不合，从第一次见面就开始吵，吵得天昏地暗、日月无光，他应该属于她的一个戴眼镜的室友，那女孩曾疯狂地迷恋着他，虽然俊浩不这样认为。

爱情对有些人来说是快乐的，对有些人来说却是痛苦的，但人们都觉得应该将自己的快乐建立在别人的痛苦之上，认为是别人的救世主，疯狂得几近病态而不自知，这才是爱情。

那天，小悠和室友们一起从学院的林荫道穿过，本想到另外一间教室去，可是突然听到旁边的电话亭里有个人用韩语在欢呼："成功了！"神情夸张，又蹦又跳，小悠选修的是韩语，所以特别看过去。

那个人便是朴俊浩，他穿了一件黑色的夹克衫，一条漏洞百出的牛仔裤，长而碎的头发，迷离的眼神，直挺的鼻梁，轻薄的双唇，又帅又酷。当时，她的室友们纷纷被他吸引住，将他聚成目光的焦点，而他似乎也觉察出她们几个的存在，看向这里，冲着她们笑。俊浩盯着小悠在看，仿佛认识，欲言又止，小悠一脸雾水，旁边一个女孩便同戴眼镜的室友说："他在看你耶！"那室友幸福得两片红云立刻浮上白胖的脸蛋，羞得不知如何是好。

当然，小悠也有所误解，如果所有人都相信同一个假象，即使有个体性的质疑，也很快便被同化，小悠也觉得俊浩喜欢着戴眼镜的室友，大家纷纷怂恿眼镜姑娘要为了爱情不惜代价。

结果，当戴眼镜的室友端着两只辣猪手跑去食堂找俊浩时，他竟然说出"你比辣猪手更让我没胃口"的混账话来，态度嚣张得令人发指，可想而知那女孩的羞辱和愤怒，她哭着跑回宿舍，一直哭到几乎断气。

她们追问她俊浩到底说了些什么，她死不肯讲，依然趴在床上哭得死去活来，眼泪鼻涕甩得到处都是。另一位室友劝她说：“你不讲我们怎么帮你呀？”她这才悠悠地转过身来，将俊浩那句刻薄的话复述了一遍。

岂有此理，真是孰不可忍！小悠二话没说，从门后抄起一根拖把，一脚踩掉了拖把头，将粗棒子拎在手里。第二天，她们召集了邻宿舍的几个姐妹，拎着各种打架的器具，包括洗脸盆和热水瓶，打听到了那家伙在某处理发，一行人浩浩荡荡地寻仇去了。

当姑娘们将俊浩结结实实地堵在理发店里的时候，他竟临危不乱，丝毫没有惧怕的意思，依然在对着镜子检查刘海的瑕疵，还冲她们挑衅地笑，当他正要准备潇洒地离开时，小悠拦住了他，他看着她，她也看着他，毫不退缩，虽然他更高一些，在气势上也不能就此被吓倒。

他用韩语问小悠：“你都是这么和别人打招呼的吗？”眼神充满不屑。

她冲着他说：“早就看你不顺眼了，每天自以为是地嘲弄别人，觉得女孩子都很好欺负是吧？快向我朋友道歉，不然你哪也去不了！”其他女孩叽叽喳喳地说：“就是！就是！”

可他竟然笑了，对小悠说：“跟她道歉？OK，做我女朋友？”

“你有病！”小悠也用韩语骂回去，“别以为本姑娘听不懂！”

“你会说韩语？”他一脸惊喜地问，“真的不认真考虑一下吗？”

“做你女朋友？”她问他，他竟然好意思使劲地点头，这个泼皮无赖！小悠突然扬起一脚狠狠地踩到俊浩的脚上，一阵钻心的疼让他龇牙咧嘴，抱着脚单腿蹦起来，她倒笑得欢天喜地。

对付渣男用这种办法，真是大快人心。

得不到的永远在骚动，被偏爱的都有恃无恐。朴俊浩永远相信这句话，顾小悠的纯真和倔强深深地打动了他，从在面馆见到她与爸爸对谈后，她流下了伤心的眼泪那一刻开始，俊浩就有了想要保护这个女孩的冲动。

如果你邂逅了一个人的柔软，那么，那部分柔软一定会移植到你的体内，你因此会变成另外一个人。

但此时，前所未有的挫败感淹没了他，但他丝毫没有动摇追求小悠的决心，他联合了一个韩国小胖子，导演了一场别开生面的“快闪”，就在他们热闹的食堂里。

那天食堂里有很多人，有的排队打饭，有的三三两两大快朵颐，顾小悠和同学们在吃着饭，小胖子跟食堂大妈串通好了，突然广播里播放了欢快的音乐，同学们都在四下里寻望，顾小悠也在环顾，搞不清楚状况。

小胖子突然爬到小悠对面的桌子上开始跳舞，扭着肥胖的屁股，小悠有些茫然摸不着头脑，其他人也都是一样。然后，越来越多的男生女生出现，在小悠面前跳舞，步伐一致，这时她才明白原来这就是“快闪”，接下来，更令她意想不到的事情发生了，朴俊浩在众人的簇拥下出场，神气极了，欢快的音乐突然变得清新起来。

在他的带领下，大家一起跳起了“大熊舞”，左扭扭，右扭扭，他故意模仿着大熊的笨拙可爱，抓脸挠背，不停地扭着屁股，不信吸引不到小悠，然后跑到小悠面前晃来晃去，朝她挤着眼睛，潇洒地甩着头发，其他人在吹口哨，但她似乎并无所动，依然冰冷的表情，甚至厌烦得不再看他。

然后，小悠起身离开，所有人愣着，可她径直走到打菜的窗口，跟里面的人说了些什么之后，端出半铁盆辣猪手来，“咚”的一声摔在俊浩面前的桌子上，挑衅地看着俊浩，俊浩停下舞蹈。

“你有种就把这盆辣猪手吃完，如果做不到就从我面前消失，以后不要再缠着我！”她端着双臂，怒着一张脸，冷冷地说。

猪手是他毕生最痛恨的食物，看着就想吐，而此时，半盆火红的辣猪手就摆在面前，他连看一眼的勇气都没有了，胃里已经翻江倒海，他强忍着不吐。

小悠已然看穿了一切，得意极了，冷冷地哼出一声，准备潇洒地离开。

“等一下！”俊浩大喊了一声，一种拯救世界的勇气从胆边升起，他要拯救顾小悠，百合花需要阳光也需要水，而他需要百合花。于是，接下来的一幕是他至今回想起来都忍不住要呕吐三天三夜的，他咬着牙一屁股坐在椅子上，捧着半盆辣猪手吃了起来。

所有人都愣了，连他自己都不敢相信是真实发生的，不过一会儿工夫，风卷残云般，桌子上堆满了骨头。小悠笑起来，透明的脸此刻更加透明，她拿出手机给他拍照，以示纪念，他也很得意，并十分配合地伸出手举了一个“V”字，象征着他的胜利。

众人起哄得笑开来，小悠抓起书包转身走人，俊浩急得丢下猪手，追了出去。

在学校的走廊里他追上了她。

“顾小悠，你想逃跑吗？”他拉住她。

她不理他，背对着他，瘦小的肩膀在阳光下显得特别单薄，他越发想把她拥入怀中。

“做我女朋友吧！”

她仍然没有回应，百合花散发着淡淡的幽香。

“为什么要这么逞强呢？活得轻松一点不好吗？让我来照顾你吧！”他真心实意地说。

泼皮无赖，并不一定等同于薄情寡义。小悠终于回了头，他适时地向她露出阳光灿烂的笑容，然后他看到她也笑了，洁白透明的脸上跌落了一颗晶莹的露珠，她的心就这样被融化了，一种前所未有的满满的幸福感将她紧紧包围，她知道自己从此不再孤单。

从那天起，他们正式成为了男女朋友，和所有情侣一样出双入对，不管是上课还是下课，他都陪着她，她读选修课，他也挤过来坐，教授在上面讲着，他在下面呼呼大睡，她不停地摇他醒来，他擦擦口水端正坐好，不过一会儿双眼又开始打架。她上她的课，而她就是他的课。

他常常骑着那辆06年复古款的摩托车，载着小悠满上海的大街小巷里飞驰，复兴中路的树叶在他们身后纷纷坠落，徐浦大桥上也有他们的身影。她搂着他的腰，小小窄窄的脸贴在他的背上，像只动情的小蜗牛，他兴奋地大声喊着："Hello，上海！朴俊浩和顾小悠向你打招呼喽！"上海则用它最热情的方式拥抱这对恋爱中的男女，撒下一把高温，任他们消化。

小悠拍他的背："喂，这就是你说的豪车啊？"

"这可是06年的复古款，别看它外表风流倜傥，内心绝对深情专一！"

她不屑地继续拍他的背，他们加速前行，有她在，他有征服全世界的欲望。

小悠兴奋地在后面张开双臂，拿出手机拍他们两个。他叫她小心，她不理睬，大声笑，洒落一路清脆的银铃。

夜里，他们骑着摩托车穿过外白渡桥，小悠抬头看头顶上的钢架结构说："可惜上海没有星光。"俊浩大声地说："如果有可能，我会给你整片星空！"

俊浩所任职的大马室内设计公司是一家民营工作室，比皮包公司好的就是多了一间房子，麻雀虽小五脏俱全，设计师和助理好几位，现在又准备招聘一个前台。

俊浩玩世不恭但擅长随遇而安，在大马设计公司里混着日子倒也不错，毕业之后的小悠被他拉进公司来，小悠最初还不肯，架不住他的百般怂恿。

老板老马习惯凡事亲力亲为，此刻正满面愁容地坐在简朴得不能再删减任何一物的办公室里，上下打量着小悠，而她如坐针毡地略显不安。老马看了小悠的简历，很是为难，他已深刻地明白被俊浩算计了，俊浩曾说帮他招一个极品美女做前台，身材暴赞，凹凸有致，谁知小悠的简历是俊浩涂改过的PS相片，连她爸都不一定认得出来。

老马问俊浩："这就是你说的女神啊？"俊浩"无耻者无畏"地冲老马笑笑，十分肯定地说："这就是我的女神啊。"小悠尴尬地看向俊浩，俊浩向她眨眨眼睛，示意一个赞许和鼓励的微笑。

最终，老马还是放了俊浩一马，小悠得以顺利进入大马室内设计公司，成为俊浩同事，虽然她不是专业设计师，只能做前台兼助理，但老马还是给足了俊浩面子。

俊浩偶尔住在小悠家里，他们是一对难舍难分的恋人，小悠的家成了他们的快乐天堂，自由自在的居处。俊浩远在意大利的姐姐秀贞听到俊浩谈了上海女朋友之后，惊讶地在电话里一口气连串骂了五分钟，竹筒倒豆子一样。俊浩一边听着一边朝小悠无奈地挤眼睛，听筒离得远一些，小悠瘪瘪嘴巴假装整理房间，无法想象在姐姐的淫威之下，俊浩的童年是怎样度过的。

小悠深知做了贼，偷走那韩国女人的一半心脏，但仔细一想，也并非她偷，是他亲自送来或者恬不知耻地贴过来，钻进她的家里，自己赖着不肯走而已，不能怪她。其实爱情里没有谁对谁错，爱了就爱了。

有一天，俊浩拿回来一只大的箱子，轻手轻脚放在客厅的茶几上，她正在厨房煮面，厨房里热气腾腾。

"小悠！"他过去捉住她的一只手往客厅里来，"过来，过来！"

"干什么？我在煮面呢！"她说。

他让她站好、站直，等待奇迹发生。

"你带个纸箱子回来干吗？"她问，花格子围裙还系在她的腰上，头上还夹着一只黑色的夹子，像个正宗且地道的烧饭大婶，毫无美感可言。

“现在是一个庄严的时刻，严肃点！”他说。

她不知所以，便按他的要求站直，想笑又绷着，等待着他的奇迹。他突然单膝下跪，仰着脸真诚地看着她，他转身抱起箱子，捧在面前。

“从今天起，做我的女王。”他深情地说，“我会做你永远的守卫、跟班、司机、厨师、清洁工、银行提款机……”

她几乎笑出眼泪，捂着嘴说：“你还让我严肃点！”

他很庄重地用中文说：“嫁给我吧！”

她不理他，指着纸箱子问这是什么，一边还捂着嘴笑，觉得他在逗她玩。

他说：“这是我生命中最珍贵的东西——我的心！即使我不在了，它都会永远陪你！嫁给我，它就是你的了！”

他说得过于严肃和认真，她似乎相信地、木讷地点头，几乎感动到流泪。

在他的邀请下，她亲自打开了箱子，一只肥胖的满脸皱纹的斗牛犬突然蹿起，趴在箱子上，她吓得惊叫连连。

他一手托着箱子，一手抓着斗牛犬的腿，对她摆手：“戆戆，叫妈妈！”

她气得要打他，却突然间愣住了，他一手抱着戆戆，一手捏着条串着戒指的项链晃动着，得意地给她看，就挂在戆戆的脖子上。

他给她戴上了项链，深情地说：“All you need is love！”

她突然惊叫了一声：“呀！我的面！”

俊浩给他姐姐秀贞打电话，说谈了女朋友，秀贞很愤怒，为了消除姐姐的误会，俊浩试着让小悠也和她说几句话，小悠拿着电话听筒，一个“姐”字还没叫出口，已经被那边一连串筛豆子般的韩语轰得头昏脑涨，大部分都是斥责和训骂的话，她将听筒远离自己，交还给俊浩，真是难为了他。

小悠知道秀贞并不喜欢她，也难怪，俊浩为了一个女孩留在异国他乡，作为唯一的亲人，秀贞肯定要大动干戈一番，骂也要把他骂回去。

俊浩安抚好姐姐之后，向小悠保证不会离开她，也不会回意大利去，虽然他从小生活在那里，西西里岛的每一寸土地都时常出现在他的梦中。

俊浩终于拎着两只大箱子正式搬入了小悠的家——那幢快退休的、跺一脚就惊天动地的老楼，一楼的小小院落里种着一棵广玉兰、一棵银杏，还有满墙的爬山虎和伸出墙外的大朵大朵的蔷薇花。就这样两个人开始了全新的生活。

他和她并排躺在床上，头靠着头，天花板是一圈一圈古老的浓黄的水渍，画着怪异的地图，斑驳地诉说着老房子的历史，但再老再旧，这里也是他们酿造爱情的甜蜜小屋、童话的宫殿，充满了爱的神圣光芒。

此刻他的脸转向她，她也转向他，然后他吻住了她。阳光真好，阳光照进房间的每个角落，连窗帘抖落出的尘埃都显得那么可爱，好像调皮的孩子到处躲躲藏藏，一声不响。

爱情是如此美好，连疲倦都显得慵懒可爱，就这样赖在彼此身上，粘在一起好了。

收拾房间，小悠将俊浩的衣物挂在她的衣橱里，一人一半，不偏不向，他们一起将拍摄过的相片装进框里，一张张挂在墙上，她听从他的安排，哪几组排列更合适，感觉更到位，这需要有强烈的设计天赋才能完成，这一点俊浩很自信，老马先生自然也认可。公司有外国设计师对老马这种抠门的老板来说是特别有面子的事，不管怎么说都算是与国际接轨，关键俊浩是天底下最好的员工，从不跟他计较工资。

他们终于可以在一起，朝夕不离，任时光荏苒、岁月变迁，他终将在她身侧，不离不弃。他们想到一生一世的长久相依，梦里都会甜蜜地笑起来。

可是，有一天俊浩竟突然说要走，回意大利学歌剧，多可笑的谎言！他连生日歌都会忘词，还提什么歌剧，全是糊弄人的鬼把戏，以为小悠不知道。

“哥们儿我……明天要回意大利！我要去学歌剧，完成小时候的梦想！”俊浩醉眼迷离地向大家宣布，没人当他的话是真的，他还如变戏法一样从怀里变出一张机票，小悠就坐在边上，冷眼瞪着他，恨不得将他生吞活剥了。

俱乐部里永远响着轰隆隆的音乐，像刀片划过耳膜，一群同事们围在一起又吵又闹，小悠则举着手机，安心拍照，她还年轻，她的青春还像夏日午后的阳光一样，悠然漫长，仿佛永远没有尽头。

俊浩在后面兴奋地叫她："老婆，给我拍一张啦！"

她回头看他，这个可笑的韩国大男孩，他正和大毛两人各端着一杯酒，比赛用鼻孔喝酒，其他人在起哄，Ruby在给大毛加油，兔子在一边看热闹，而老鲁同志则不屑地说："幼稚。"

大毛像只棕熊一样笨拙，他痛苦地往鼻孔里灌着啤酒，五官扭曲，俊浩却显得十分从容，而且他第一个放下杯子。

"我赢啦！我赢啦！"俊浩兴奋地跳起来。

Ruby埋怨道："大毛，你可真没用！"大毛一脸无辜又可怜的表情，不停地摇头。

他们的最高领导人，老马先生坐在旁边，苦笑中透着无奈，年轻人就是争强好胜。

"干杯！干杯！"俊浩喊着，于是，所有人同时举起啤酒杯。音乐声继续咆哮，如海水涨潮，一浪高过一浪，拍打在巨大的岩石上，一瞬间又跌落成破碎的银镜，那些穿着暴露且诡异的男男女女，张牙舞爪地在舞池里蹦跳，像一群午夜幽灵，到处释放着充满魔性的瘟疫，企图向世界蔓延。

俊浩这时候竖起食指："嘘……我给大家变一个魔术。"

说完，他伸出双手，把正面背面分别亮给大家看，空空的，突然凌空一翻，变出一只白色信封，拍在桌上。

大毛瞪大了眼睛："我靠！怎么弄的？泡妞神器啊这是！"

Ruby抢过信封："什么宝贝啊？"

兔子也伸过头去，眼见着Ruby从信封里抽出一张机票，像面特制的小旗子，“刷”的一下闪在众人眼前。

“意大利机票！你想带小悠去探亲啊？”Ruby问俊浩，一边看小悠。

兔子大声嚷嚷着：“哇塞，你是不是向小悠求婚了，准备蜜月旅行啊？”

俊浩打了一个酒嗝，醉眼迷离地说：“哥们儿我……明天要回意大利！我要去学歌剧，完成小时候的梦想！”

小悠真想一巴掌拍他脸上。

俊浩已经醉得不省人事，像摊烂泥，还是一摊会动会笑会胡言乱语的烂泥。他们好不容易回到住处，刚下车，他就瘫在地上，小悠费了九牛二虎之力才将他驮到背上，她嘴里叼着钥匙，脖子上挂着他们的背包，背着他踉踉跄跄地往家走，前额的刘海还跟她过不去，一直不停地搔她的睫毛。这个无耻的朴俊浩，竟然喝成这样！

“让一让，让一让！”楼道口，有个瘦瘦高高的男人抱着一盆花开门，拿着钥匙不停地拧着门上的锁，他叫田博，是新来的住户。

小悠突然失去了力气，将俊浩丢在楼梯上，拽着他的双臂往后拖，他打着酒嗝，像个沾了水的面口袋一样，极不配合，她已累得只剩半条命，休息一下，跌坐在楼梯上，喘着粗气。

田博回头看着小悠，一脸茫然。

“新来的吧？这锁跟房子一样老，开完得踹一脚！”小悠说完不再理田博，继续用尽全部力气将俊浩拽上楼梯，一边拽一边骂他是猪。

“咚”的一声，田博果然踹了门一脚，整幢房子似乎都在摇晃。

·

进了房间，斗牛犬戆戆摇着小尾巴迎出来，伸着长长的红色的舌头，耳朵背在脑后，它无法帮小悠将俊浩拖进卫生间，却在旁边蹦来跳去。

小悠回忆起小时候吃奶的样子，拼了命地拉他，俊浩微微有所配合。她将他塞进了浴缸中，打开浴霸，又放了整整一缸水，差点将他淹没，然后帮他洗澡、洗头发，他眯着眼睛享受极了。戆戆懂事地叼来塑料小黄鸭，她将它们丢在浴缸里，漂在泡沫之上。

洗好后，她帮他吹着头发，他已经清醒过来，眯着眼笑着。

“舒服吗？”她问。

“嗯。”

“我对你好不好？”她又问。

“好。”

“意大利还去吗？”

“去。”

她生气了，关掉了吹风机，这个混蛋明明就没有喝醉。

“你知道我和你姐姐关系不好，打个电话都能把我骂死！”她说。

“是，所以只买了一张机票。”他说。

她愣住了。

回到床上，他继续说：“我好累，三年没回家了，真的很想姐姐。”

这句话气到她，她拉他起来：“别睡了，朴俊浩，你给我起来！”

他不理她，继续睡着，她一把拽掉了他的被子，戆戆跳到床下去。

“怎么了？”他问她。她也不理他，拉他起来，再塞给他一条浴巾，够用了，然后打开门，连他带戆戆一起赶出去。

机翼的呼啸

俊浩只穿了一件无袖的轻薄的T恤衫，腰上围了条湿漉漉的浴巾便被赶出了家门，连同他送给小悠的定情信物——小斗牛犬戆戆。戆戆巴巴地抬头望着俊浩，不停地用舌头舔着鼻子，装出可怜相。

楼道里暗着灯光，这幢古旧的老楼，老得如同奶奶的假牙，随时都有可能坍塌，俊浩的酒已经醒了大半，有点冷，他抱着双臂。

他蹲下来对戆戆说："蠢货，你怎么也被赶出来了？我连个内应也没有了。"

这时，一个邻居大妈正准备上楼回家，见到俊浩这副模样，表情惊悚。

"啊！变态！"她用最快的速度将双手捂住眼睛，但又张开着指缝，然后奔到楼上去了，俊浩无奈地笑笑。

夜已经深了，四周静悄悄，月亮泊在夜空，恬淡且美好。俊浩坐在地上发呆，怀里抱着戆戆，楼道里的灯光照在他的脸上，像一层纱雾。夜还是有点凉，风从楼道尽头的窗子灌进来，他的胳膊起了一层鸡皮疙瘩。

这样的日子快结束了吧，他突然被自己奇怪的想法吓到了，他们才刚刚开始便想到结束，那又何必开始。

身后房间的门响了，“吱呀”一声，开了一道小小的缝。

俊浩站起来，抱着戆戆回到房间里，小悠冷着脸坐在床上，把一套被褥、枕头扔到俊浩怀里，然后转身躺下，背对着他，任他发呆。

俊浩抱着被子静静地站着，看着小悠的背影发了一阵子呆，他不知该如何向小悠开口。

“小悠，我们分手吧！”俊浩终于吐出来一句话，说完之后，他的心彻底掉进了一个深邃的冰坑之中，冷得彻骨，但他强忍住那种无尽的绝望，不想小悠察觉。

小悠没有转身，但她瞪大了眼睛，像突然遭遇重创时定格的画面，许久都没有变化，她似乎没有听清楚俊浩的话，但那分明是分手的一句话，她已经听到。一时间空气都凝结了，房间里坟墓一样死寂，谁也没有再说什么，静静听墙上的挂钟慢慢走着，戆戆在地板上偶尔哼一两声，然后便是邻居谁家的电视机声音，还有窗外树叶被晚风吹打的细碎的沙沙声。

一切就这样结束了。

我对你最大的疼爱却是伤害。俊浩在心里默默地说。

俊浩站在浦东国际机场的安检通道，接受检查，他将随身行李放在传送带上，然后偷偷向后面扫了一眼，也许是希望能发现身后有个熟悉的身影。

小悠就在大厅里，躲在一个拐角的墙壁后面偷偷看着他，俊浩回头的那一刻，刚好一辆清扫车经过，小悠让了让身子，结果俊浩没有看见她。俊浩失望地进入检查通道，配合着搜身检查时，小悠才又看过来，发现俊浩已经进去了。

在俊浩看来，既然分手，小悠最终还是没有来是情理之中，他咬着下嘴唇，将背包用力地搭在背上，倔强地离开，走得潇洒决绝。

在小悠看来，俊浩连个不舍的眼神都不曾留下，也没有回头找她，曾经的海誓山盟就如此轻易化为流水，他说过永远陪着她的话，就像爸爸说的那些一样，已经变成垃圾桶里的破瓶烂罐，她的眼泪再也止不住。

扩音器里播放着航班信息："由上海飞往意大利的航班正在检票登机，请乘客们排好队。"中英文反复说了好几遍，每说一遍，小悠的心就疼一次，像有人用利器狠狠地剜在上面，鲜血直流。

飞机沿着航道线滑翔，响着巨大的嗡鸣，然后极速拉升飞离地面，从候机楼玻璃窗前站着的小悠的头顶呼啸而过，渐渐消失成一个茫然的黑点，小悠跌坐在地上，泣不成声。

大马室内设计公司规模不大，坐落在一条老街的尽头，是座白色磨砂墙面的二层小楼，门外搭着花架，爬了半墙的紫藤，路边植着法国梧桐树。

公司的老板是马帅，人称老马，是一个身材结实的中年男子，板刷头，坚毅的脸，蓄须，为人小气，用小悠的话说，老马就算吐别人一口痰，也会舍不得而舔回来。

接下来是俊浩，他一直作为公司的首席设计师，年轻有为，深得客户信赖，被老马冠以“国际著名设计大师”的招牌到处招摇撞骗。之外，还有一位三十五岁的黄金单身天秤座洁癖自恋高冷男老鲁同志，一直目下无尘、自命不凡，俊浩还未来公司时，他是首席设计师，老马也很器重，自俊浩进入公司，老马风向有变，老鲁嘴上不说，心下不爽，又不便发作，索性以“世人皆醉我独醒”之姿混世，能混一日是一日。另外便是Ruby、兔子和小悠三位姑娘，大毛是新进来的员工，憨厚中透着傻气。

兔子是乐天古灵精怪的台湾女生，初中时随父母来上海定居，就此认上海是第二故乡，她总有各种千奇百怪的想法，相信风水和命理学。此时，她神神秘秘地拿着一副塔罗牌，煞有介事地给Ruby算着婚姻缘，老鲁在旁边装腔作势地读着一本设计书，眼睛却不停地往这边瞟，也是个八卦男。

大毛正在给大家递咖啡，他还没有记住所有同事，竟然把Ruby和兔子的名字跟咖啡弄混了，Ruby拍他的头，他不好意思地笑着。

兔子翻着牌对Ruby说：“从牌面看来，你应该会跟比你年轻的男孩结婚。”

兔子把手上的牌先指向老鲁，后来又指向大毛。

Ruby眼神充满着不屑，斩钉截铁地说：“不可能！”

兔子说：“有时候，不对的不一定不好，对的不一定好！”简直是个故意说话留半句的巫婆。

一脸颓废和麻木的小悠突然抱着一叠图纸出现在门口，像丢了什么重要的物件似的，而这物件关系着她的生死安危，她有些茫然，大家齐齐看向她，Ruby关切地叫着：“小悠。”

小悠没理会，径直奔上二楼，老马的办公室，老马刚刚接好一个电话，看到小悠示意她坐下。

小悠有些不安，赔着笑脸，讪讪地说：“我还是站着挨骂比较踏实！”

老马说：“俊浩这两天给你打过电话吗？”

小悠沉默，冷笑着。

老马换了一个坐姿，微笑着说：“男人嘛，都有梦想，这点你要理解，要支持！俊浩呢，是个好男人，好哥们！业务能力也不用说！他走了把所有的活交给你，开始我是不同意的！现在证明，我的直觉是对的！别人最多一年接到一两个投诉，你是进公司就没让一个客户满意过！”

小悠自知理亏，无力反驳，低头不语，抠着指甲。

自从俊浩走后，老马每天都在骂人，小悠敢断定，老马是除了她之外最想念俊浩的人，她有时甚至觉得她在他们中间是多余的，她不由得笑了一下。

而老马没有发觉小悠此时的心不在焉，仍然滔滔不绝地说个没完没了，小悠想到了佛家的修行，不听、不看、不说，然后眼观鼻、鼻观口、口观心，视老马如无物，那么他的话就变成了空气。老马停顿时，小悠就不得不正视，以表示她的聚精会神，但她并没在看老马，而是看老马背后墙上飞速转动的钟表。

老马整整骂了小悠一个下午，最后，老马说还是让小悠带薪休假吧，他亲自去向客户赔罪，小悠心花怒放，但脸上还佯装出惭愧的表情。

楼下几个人已经停止了算命，都在偷听老马的动静，小悠突然扭头看过来，所有人四下散开。

那个从前温馨浪漫的小屋，此时已经人去楼空，坟墓变成了深洞，冷冷清清，除了鼯鼯偶尔哼叽几声，表示它还活着，平时它是不太叫唤的，懒得像一团长毛的泥巴。

墙上仍然挂着小悠和俊浩的照片，有他吃辣猪手时她拍的，有他们骑着摩托车在桥上飞驰，有他们站在满树黄叶的梧桐林，一起举手遮挡阳光的，还有他和大毛比赛用鼻孔喝酒时小悠在前景自拍的……每张都有甜蜜的回忆，此刻却变成一张张病危通知单，每看一眼，心里就会抽搐。

墙上挂着日历：2013年10月12日。日历的下方，沙发里陷着百无聊赖的小悠，头发散乱面无表情地看电视，又没耐性，不停地换台，鼯鼯则在她身边扭来扭去。

她的脑海中出现从前的画面，他们在一起的生活，多是她如何欺负着他，同他胡搅蛮缠、无理取闹，他处处依着她，她很得意，命令他双膝跪在键盘上，双手揪着耳朵，罚跪一小时，起初他还笔挺地跪着，渐渐有点松懈，她坐在沙发上，咳嗽一声，他立刻挺胸抬头，表情认真，她捂着嘴不敢笑出声来。

还有罚他背着双手屈膝跳，或是头顶空碗蹲马步……她总有各种“毒辣”的手段对付他，而他虽然无奈，也都一一承受，不跟她理论。每想到这些，她虽然得意，也难免有些后悔，没有在那段拥有他的日子里温柔地相待。

小悠突然间做了一个决定，她给自己设定一个月时间，一个月俊浩还不回来，他们俩就彻底玩完，除非俊浩跪着给她道歉！小悠看着日历发着呆，时光将我们分开，你在山上，我在水里，老天给你一只桨，却给了我一把伞。

一个月怎么熬过去，30天还是31天？剩下那一天要不要睡一整天觉？她每天都在一遍遍念着“小气鬼”和“大骗子”，甚至骂颤颤是“俊浩的走狗”，颤颤无辜地蜷在她脚下，充耳不闻。

寒秋冻心

少女的秋天带着失望和哀悼的表情，哭了好长一段时间，快断了气，把天空哭成了灰色的布，叶子如年迈的牙齿，一颗一颗掉光，牙床变成深黑色的虬枝，无力地伸向天空，祈求一点施舍。

时间又如白驹过隙般一闪而过，整整三个月，没有电话，没有短信，没有邮件，连一条QQ留言都没有，如石沉大海。俊浩到底在干什么，该不会是人间蒸发，到天上去学歌剧吧，除此之外没有理由，这不像小悠了解的他，反常得可疑。不联系是吗？好吧，他是不是等着小悠去苦苦哀求他？做梦去吧，小悠将一只抱枕用力地丢到墙角，戆戆吓得跳起来。

窗外下起秋雨，坐在白瓷马桶上，小悠看到对面镜中憔悴的自己，狼狈得像个被雨淋湿的卖菜的大婶，全无人样。她恨自己现在的模样，充满了深重的厌烦感。都怪朴俊浩，都是因为他，自己才变得如此这般，她在心里已经将他杀了千百次，诅咒的话已经全部说光，想不出更恶毒的词语了，但又忍不住想他，西西里就那么好吗，让他开心得失去了记忆。

小悠对着手机骂了半天脏话，想想还是发了信息给他，用韩文、中文、英文等等各种文字骂他："人渣、王八蛋、弱智、脑残！"一边发一边咬牙切齿，嘴里硝烟弥漫，感觉爽极了。

每次只要坐在马桶上，就觉得时间漫长无比，想着想着就无聊了，像没完没了的秋雨持之以恒地打在玻璃上，对面是一整面又脏又旧的镜子，照不出个好人样来，镜子边上是洗手台，堆着用完的和没用完的一大堆塑料瓶子，她也不想管，也不想用，连这些都跟俊浩有关——都怪他，不然瓶子也不至于这么乱，镜子也不会这么脏，时间也不能这么漫长，不是因为他，冬季就不来了，寒冷就不冷了。

没有收到任何回复，那些骂俊浩的话跟他一起石沉大海。不过很快，小悠就冒出另外一种想法：或许他的手机被偷了，而他一直想联系我的，却没有办法。她能穿过镜子看到俊浩紧张和焦急的表情，以及他忧伤的鳄鱼的眼泪，她决定打电话给他。

我还是决定原谅你的过错，谁让我拥有连我自己都不会相信的宽容和大度，以及无以复加的善良。

她为自己的重大发现兴奋了一下，赶快拨通他的电话，耐心地坐在白瓷马桶上优雅地等，电话通了，一声、两声、三声……她其实早已想好了如何像他姐姐那样，一口气把所有脏话全部骂出去，但是他没接，直到电话那边发出“嘟嘟”的跳线音。

她将脏话连同失落一起咽了回去，话语在她的喉咙处回旋，一个呜咽跌到井底，连同他曾对她的保证和承诺，全部落在黑色的深海之中。

她渐渐失望，她是多想听到他的声音，哪怕只是一声“喂”，也能让她宽慰。躺在沙发上，望着天花板的黄色水渍，她决定不再矜持，飞快地打了一长串信息，怕自己犹豫，赶快按了发送键：“对不起，我错了！只要你回来，我再也不跟你发脾气了！”如想象中的一样，短信发出之后，时间照常流转，手机依然静悄悄，没有他的回复。

她陷入前所未有的绝望，自尊心受到了严重的伤害，凭什么她要一遍一遍地想他，而且低三下四地求他，她突然后悔，抓起手机扔了出去，“嘭”的一声正好砸到墙上那幅他们曾在俱乐部里拍摄的相片上，相框里的玻璃“哗啦”一声碎了，相框摇摇欲坠，连同她一颗无处安放的心。

楼下那个叫田博的浓眉大眼的男子正在弹着钢琴，李闰珉的《雨的印记》。他穿着一件黑色T恤衫，脸颊有淡青色的胡茬，很久没刮，头发略显凌乱，削瘦的肩膀有节奏地晃动着，他紧紧闭着眼睛，沉醉在晚风中。

钢琴上摆放着一些相框，里面的照片上有个长发飘飘的女子，笑容灿烂，有一张是田博与她的亲密合影，想来应该是他的恋人，但不知她现在身在何处，为何他一个人形单影只。相框旁边是个黑丝绒的戒指盒，里面或许有一枚他送给她，但她拒绝接受或者来不及接受的戒指。一切有如盖在泥土下的坟墓，不得而知。

窗外依然下着雨，雨丝不大，爬在窗上呜咽，几盆多肉植物静静站在雨里跳舞，享受着甘醇，美得简单易懂。

田博想到一段旋律，迅速拿过一张雪白的纸，用铅笔在上面刷刷记录着，有一个音拿不准，他在钢琴上按了两个琴键，最后定了调。

楼上突然传来“嘭”的一声，然后是“哗啦”玻璃碎裂的声音，田博无奈地看向楼上。

小悠在秋季里避难，躲过阴冷的斜风细雨，天空是一张老人的脸，有层层叠叠乌云堆起的铅灰色的皱纹，雨水是老人的哭泣，落在地上汇成溪水，将大地的裂痕弥合缝补。

她静静待在家里，哪也不想去，饭也不用吃，管他外面什么季节更迭、岁月蹉跎，她的时间只分白天和黑天两种，白天醒来、黑天睡去，她失眠的时候，白天和黑天互换，有时囍囍饿得“汪汪”叫两声，提醒她还有它需要吃饭，她才懒洋洋爬起来抓半碗狗粮丢在囍囍面前。

对面墙上那幅摇摇欲坠的相片时时提醒着俊浩对她的不理不睬，相片上的脸也时时刻刻在嘲笑着她，她特别烦躁。

她坐在白瓷马桶上想人生的时候，只觉得人生太漫长，春花秋月只是骗人的把戏，岁月无情才是结结实实的人生道理。手机在客厅的茶几上不停地震动，一遍又一遍，囍囍“呜呜”地哭叫，提醒她，她没听见，她正试图透过窗子看外面的风景和辨认季节，可是额前的刘海一直遮着她的眼睛，她连撩拨一下的心情也没有。

直到她穿着几天没脱下来过的睡衣走回客厅，看到手机里满满的二十几个未接电话时，才突然如梦初醒地意识到发生了大事。

老马在电话里悲伤且沉重地说："小悠，俊浩在意大利出事了，他去活火山上攀岩，摔下来了。"

Ruby说："小悠，我以为他们是开玩笑呢，可老马真的要去意大利了，明天的机票。"

兔子号啕大哭地说："小悠姐，你可得挺住啊！"

小悠呆呆地愣了一会儿，她首先确认了今天不是愚人节，然后回想起他们说的人是谁，谁在意大利出了事，从火山上摔下来，简直像拍一部特技电影一样，当时有系安全带吗？摔下之后被外星人接走了吗？她想笑，她可不相信这样的故事，老马带着哭腔的表演真是到位，该获得一个随便什么影帝奖，其他人都在配合老马编排这么一出拙劣的故事来骗她，想让她重新振作，真是煞费苦心，这种把戏只能哄哄十八岁的怀春少女罢了，不适合冰雪聪明的她。

一个离奇之后跟着又一个离奇，她的人生可没请一个多情的编剧来为她量身撰写狗血剧。

直到爸爸在外面疯狂地砸门，她才从思绪的游离状态中恢复过来，刚刚在水中上岸喘口气，但即刻又跌入冰冷的深渊谷底，寒冷瞬间袭击了她，不管外面什么季节，她这里已是遥远的冰河世纪，猛犸象排着队踩在她的心窝上。

爸爸的声音从门外传来："小悠，我是爸爸，这事挺突然，我知道你肯定接受不了，我给你订好了机票，明天中午的飞机！”然后，他用力地拍打在门上，“小悠，小悠，我是爸爸啊！小悠开门！”

她已经听不见任何声音了，她想起妈妈离开那天的事，偌大的悼念厅里摆满了黄色白色的菊花，沾着早露，妈妈的一张放大的黑白相片挂在墙上，她在墙上笑，一直温柔地注视着小悠，妈妈不让小悠哭，小悠就忍着，眼睛憋得通红也忍着不落一滴泪，妈妈要她坚强。

俊浩也不让小悠哭，她也不想哭，所以她把嘴唇咬出了血，眼泪被她由泪腺逼入鼻腔，再顺着喉咙流进胃里。小悠的愤怒大于悲伤，谁允许你回意大利学什么狗屁歌剧？！连生日歌都唱得忘词你还添什么乱？你这人渣、王八蛋、弱智、脑残！

她一直骂，骂得头昏脑涨，口吐白沫，随即两眼一翻，昏倒了。

爸爸给小悠订的机票还是作废了，她最终还是没有去意大利参加俊浩的葬礼，只有老马代表他们去了，她没有勇气直面生死，尤其是最爱的人。

当年，妈妈离开小悠时她才五岁，已经深深记得当时的情景，而她也在一夜之间长大，小悠害怕生离死别。当时小悠告诉自己，妈妈只是离开一阵子，去了另外的地方，早晚会回来。带着这种憧憬和祈愿静静等待，一直等到她长成一个坚韧不屈的姑娘，她知道妈妈永远不会再回来了。

俊浩也走了，小悠情愿相信此刻他以另外一种身份活在这世间的某个角落里躲避着她，或是摔下之后被人搭救从此失去记忆，她希望有各种可能都是他没有死去，但她也明白那只是自己的一厢情愿，现实从来不会可怜心存善念的人，越将事情想得简单越会遇到想象不到的各种离奇。她还是不敢面对，也许将来有一天，等她真正能够放得下，她才会去意大利看他了。

窗外大雨滂沱，为了配合此时的心情，她还是哭了，脸上河水潺潺。她对着照片说："俊浩，你不来，是不是因为下雨？"她的哭声震天，肩膀不受控制地剧烈地抖动着，衣衫不整，头发散乱，泪水将她变成一条刚刚出水的章鱼，透明又黏稠，她哭得堂而皇之。

当一个人莫名其妙地弃你而去，又莫名其妙地消失在这个世界上的时候，你才惊觉，你们连一句告别的话都未曾说出口。

外面有人用力拍门，让她小声一点，她不理，她知道是楼下的新邻居。那天小悠背着喝醉酒的俊浩回来时，曾在楼道里见过他，当时他手捧着一盆植物打不开房间的门。

他时常在楼下弹钢琴，小悠记得她用手机将墙上的相框砸碎那天，她听到他在楼下高声地叫喊着，她不理，这世界自有它的始终和因果，来的会来，去的会去，日升月落，潮落潮起，每个人自有他的命数，由他们去吧。

小悠将自己困在家里好多天没有出门，电话不接，短信不回，除了给戇戇添加狗粮和坐在马桶上发呆之外，其他时间她都窝在沙发里一动不动，想把自己风干成西西里地下墓穴的神秘木乃伊，外面狂风暴雨、海啸地震与她没有关系，她这里只是静静的一堆金粉，生了霉绿的锈色。

任谁敲门小悠也不开，伪装成空房间，只许影子移动。在几天几夜无法入睡之后，她做了一个决定，要完成俊浩没有完成的事情，了结他的心愿，也是替自己做一个了结。

小悠相信俊浩只是回了意大利，并没离开这个世界，像当年妈妈去世时的场景一样，她宁愿相信他们都生活在另外一个地方，开始新的生活，妈妈的那个地方她从不知道叫什么名字，是一座城市还是一座小镇，是面山还是沿海，她的概念是模糊的，但俊浩在哪里她一清二楚，他在意大利西西里岛，她看过资料那里景色优美、环境怡人，白色的海岸线曲折蜿蜒，火山岩搭建的房子到处都是，希腊神庙在夕阳下泛着古铜色的光泽。俊浩一定是流连忘返的孩子，不记得回来的路，所以，她决定要去意大利找他。

此时，她骑着那辆06年复古款的摩托车，行驶在上海一条有梧桐树的街道上，戴着白色头盔，是俊浩帮她挑选的，她的神情笃定坚强，一脸宁静安然，信心满满。

车子最终停在大马室内设计公司的门前，小悠锁好车锁，推门而入。

同事们都在低头紧张工作，敲击键盘和鼠标的声音嘀嘀嗒嗒。看到小悠就这样大摇大摆地走进来，同事们有点呆住，停下手上的工作，小悠拎着头盔走到自己的座位。

Ruby和兔子互相看看，小悠越是显得若无其事，别人越觉得心酸，Ruby轻轻地叫了一声：“小悠……”

小悠没理她，低头翻着桌上的一叠资料，突然变得有点焦急。

“我的图纸呢？”

“什么？”Ruby大概没听清楚。

“图纸啊！设计稿，酒吧装修用的，那些都是俊浩做的！”小悠叫了起来，然后弯下腰去柜子里翻，翻得满柜子纸片簌簌落下，依然没有找到她要的东西，她显得焦虑不安。

“老马不是让你休假了吗？你已经好久没上班了！”Ruby说，小悠倒是愣住了。

小悠“噔噔噔”上了楼，用力推开老马办公室的门，老马正在低头找东西，看到小悠之后，猛地站起来。

“小……小悠？”他突然变得支吾。

“你把我的图纸拿走了？”小悠问。

“啊？”老马装傻。

“图纸是俊浩做的！”

“啊！我知道！可那活儿都转给别人了，我不是想让你休息休息吗？”

小悠嚷着说：“我好好的，为什么要休息啊？”

老马被抢白得说不出话来。

梧桐知秋

上海市郊的艺术区内，一幢正在装修的二层小楼，门口杂乱无章地堆放着钢架、水泥和木头，小悠的摩托车停在门口，里面传出装修的各种声音，电刨、电焊、气钉枪声音交织在一起，形成巨大噪音，笼罩在空荡荡的小楼内，格外地吵。

刚刚进来的时候，小悠还神气十足地指挥着工人做事，又埋怨他们动作太慢、做工太差，指着一块看起来已经十分平整的平板说不合格，工人无奈地拿着电刨反复打磨，一层层刨下来的木皮翻卷着从桌上跌落，木屑四溅。

工地的主人，也是将来酒吧的主人陈总大腹便便地上了楼，小悠和Ruby赶快迎上去，见了他二人，陈总拿着图纸用上海话大声地叫嚷着：

“我混广告界这么多年，什么设计没见过？别拿图纸来蒙我！我要的是一种理念，理念你懂吗？要与众不同！你把酒吧做得跟大排档一样，我做谁的生意？”

小悠和Ruby站在边上，垂着双手，小悠透明的脸像抹了盐，风化得没有表情，Ruby则赔着笑脸说：“陈总，您别生气。”

陈总说：“说多少回了，我要一个星空，星空！不管白天晚上，刮风下雨，不管上海的雾霾有多严重，只要我想看，抬头就能看见满天的星星！”

Ruby捣蒜一样点着头说：“是，是，是。”

小悠冷不丁来了句：“那你把房顶打掉就行了！”旁边几个工人听见了，捂着嘴偷偷笑。

Ruby听傻了眼，几乎崩溃。

陈总大为光火：“说什么呢？房顶打掉我还要房子干什么？直接在外面摆个摊不就行了？”

小悠继续说：“你不是要看星星吗？”

Ruby拉拉小悠的衣角：“姑奶奶，你少说两句行吗？”

陈总气得不行，指着她们说：“你们就这态度是吧？我就纳闷了，我投诉了你那么多回，你怎么还在工地？”他指着小悠，一副趾高气扬的模样。

陈太太也站在一旁劝着陈总，陈总瞪她：“你闭嘴！不是你背着我修改方案，至于像现在这样吗？”陈太太自知理亏，也不再说什么。

陈总说：“你们的设计师呢？让那个姓朴的过来见我。”

“他回国了！”小悠抢着说。

Ruby十分歉意地打着圆场，说：“抱歉陈总，朴先生他确实不在。”

陈总盯着她二人：“好，我听出来了，没诚意是吧，好，我们走！”然后转身走了。陈太太面色难堪地对她们说：“对不起啊，老陈脾气不好。”说完快走几步，追上陈总。

陈总一边走一边骂着陈太太：“朴俊浩这个王八蛋，诓完老子就这么跑了，哪天见面把他腿给打断！真不知道你脑子抽什么筋了，被一个小白脸哄得团团转！”

一向言听计从的妻子忍受着，沉默不语。

小悠扬起了声音，质问着陈总：“你说谁小白脸？！”

Ruby赶快拉住她：“小悠。”

陈总突然停住脚步，不可思议地回头看小悠：“说你们设计师！”说完转身下楼。

“你站住！”小悠大声叫住他。

陈总很惊讶于这小丫头的胆识过人，回过头看她预备怎样，不想小悠已经站在身后，一脸怒气，陈总尚未理清思绪，质问的话还没说出口，已被小悠一脚踹下楼梯，他“哎哟哟”地像只皮球一样滚了下去，一头扎进了一楼的沙堆里，陈太太在后面凄惨地叫着：“老陈！”

小悠乐得脸上终于有了点血色。

公司里，小悠站在办公桌前，和老马抢着图纸，两人各拽一边，一直较着力，隔着一张办公桌，谁也不肯放手，老马说："奶奶……姑奶奶，你就别抢了。"

小悠一脸委屈地说："是他们侮辱俊浩的设计，骂他是王八蛋，这次真的不怪我。"

老马气不打一处来，他正色提醒她："俊浩已经死了！可公司还得活着！所有人都得活着，而且还得好好地活着！"老马大声喊着，眼眶唅里着泪水。

小悠愣住，说不出一句话，但依然和老马对峙着，仿佛她手里拉扯的不是一张图纸，而是俊浩的性命，她不忍放手。

老马继续说："我去参加了他的葬礼，手机里有他的照片！他死了！真的死了！"他愤怒地将一颗又一颗致命的铁钉钉进小悠的脑子里，要她记住。

小悠不管不顾，执拗地拉着半边图纸，几近哀求地说："你放手！你放手啊！"突然图纸"嘶"的一声，已被小悠抠掉小半只角，而老马却仍然一动不动，没有丝毫让步，他决定不能再这样惯着她，任她胡来了。

小悠突然冲过来，一口咬住了老马的手，老马终于疼得放了手，然后默默地摇头流泪。

小悠狼狈不堪地夺门而逃，怀里紧紧抱着破碎的图纸，就像抱着俊浩的心脏，然后一脸茫然地在梧桐林中走着。

秋风萧瑟的上海街头，刮过凄冷的风，梧桐树叶纷飞，在天空中打了个回旋，落在小悠的肩头，像被手指触碰了一下，又掉到地上。

挣扎了整整三个季节，叶子完成它的使命，最终回归到树根初生的地方，是一种自然而然的生死轮回。人们在林中漫步，踩在枯黄的树叶上，空寂的街道回响着骨骼断裂的声音，像谁的心碎一样清脆，痛楚像这寒冷的秋季，没有意义地漫长无尽下去，秋风吹过之后，满世界跟着悲伤起来。

小悠想起上一年的秋季，她和俊浩并肩走在复兴中路的梧桐落叶上，叶子发出沙沙脆响，听起来像段有节奏的欢快的乐曲。

“你知道吗？我最喜欢的就是上海的梧桐树，尤其到了秋天，满树黄叶的时候，全世界像充满阳光！”俊浩用一只手挡住头顶的淡黄色的太阳，笑着说。

小悠不解风情：“黄叶有什么好看的？今天在树上，明天就被人扫到垃圾桶里了，等叶子都落光的时候，整个林子都光秃秃的。”她一定要将白眼翻给他看。

俊浩说：“干吗那么悲观啊？当最后一片叶子落下的时候，你会看到另一种风景。”

小悠拉着他的一只手臂，笑着说：“看你个头啊，等叶子落光的时候就冬天了，本小姐还要冬眠。”

“那我就把林子搬到家里去，想什么时候看就什么时候看。一睡醒，哎，有只鸟飞过去了，一张嘴，哎，鸟拉粑粑了。”俊浩绘声绘色地说。

“讨厌！”小悠追着他打，俊浩笑着跑开。

小悠站在梧桐树下，扶住空空的斑驳的树干向上望着，叶子差不多掉光了，冬天很快就来了，到时一切都将不在了，细雪会将整个城市清洗一番，连同俊浩曾经的许诺。

最后一片枯叶掉在小悠的手上，她突然愤怒起来：许诺是什么？诗人说，不过是时间结出的松果，谁能保证不被季节打落。而风知道什么，它只知道鼓着劲地吹，它把叶子从树上剥落，它有想过树也很疼吗？

她发了疯似的往家里跑去。

回到家里，一切又变回到现实，戆戆摇着尾巴过来舔小悠的脚，家里的每一个角落都曾留有俊浩的影子，挥之不去，不管她如何自欺欺人，佯装坚强，关于俊浩的记忆就是无法抹去，她越是想放下，越放不下，思念夹杂着愤怒让她很快焦躁不安起来。

小悠推着棒球棍愤怒地砸向墙上的相框——那些她曾经和俊浩一张一张摆放上去的相框，他们还曾因为布局的事展开过一个小小的讨论，此刻她一边砸一边歇斯底里地哭喊着：“骗子，你这个骗子！大骗子！”

相框夹着碎玻璃从墙上脱落，砸落到地板上，发出“咚咚咚”的声响。

楼下的田博正在弹钢琴，天花板上的声音让他不得不停下，他皱着眉地盯着天花板上看，然后是窗外，“啪啪”两声，几本相册从楼上飞下来，砸中了田博养的几盆多肉植物上，植物被砸得稀烂，两棵树各占据院落一角，幸灾乐祸地摇晃不停。

田博忍无可忍，站在院子中，仰着头冲楼上大喊：“喂！”

楼上小悠的身影闪过，依然在忘我地砸东西，完全无视田博的叫喊，客厅里一片狼藉，像遭遇强盗洗劫，田博写了一张字条：“可以轻一点吗？你砸坏了我的植物！”用一根晾衣服的长竹竿挑在头里，伸到小悠的窗口，也不知她有没有看到，反正很快楼上安静了。

小悠累了，瘫坐在地上伤心地哭起来，不过一会儿，她开始又哭又喊：“你说你不会离开我的，你说你只是去学歌剧，我以为你太忙，忙到不能接电话，以为你还在跟我斗气，你就不要我了！”捡起手边的一只拖鞋向墙上砸过去。

田博忍无可忍，犹豫着走上楼，站在小悠的房门口，他似乎听到了一个女孩的心正在碎裂的声音，穿过四面墙壁和一道木门直抵他的心里。刚才的愤怒已经渐渐消散，田博觉得里面的女孩好可怜，他踯躅地站在门外，想敲门又犹豫不定。

刚才黑暗的拐角处，他看到一个人影轻轻闪过。

哭过砸过之后的小悠平静地接受了现实，关于一个人的离去，像愈合后伤口的结痂，虽然是痂，但它确实存在过，摸着总有粗砺，挥抹不去也无法无视。他离开了她，消失得无影无踪，像蝴蝶翩翩飞过沧海，消失在一片水雾之中，谁知道它是不是坠入了海里，还是真的抵达彼岸，回到百花深处。

一个人离开，只当他离开，再多的可能都仅是自我迷幻的镜中月水中花，麻醉自我的想象。现实告诉我们，他永远不在你身边了，就这么简单。

小悠从屋里搬出数个纸箱子堆放在门外，里面塞得满满的，箱顶关不严，一些零七碎八的有关俊浩的东西，还有他的衣服和用品跑出来，还有他们的合影。那些被砸碎的相框里，有她和俊浩灿烂的笑容，已被玻璃碎片划出一道道伤痕，五官扭曲。她要与它们告别。

小悠拖着沉重的废弃行李箱下楼，木制的楼梯与箱子底发生摩擦，她很费力地拖拽着，差点跌坐在楼梯上，“叮叮当当”的声音好像紧贴在田博的头顶上，像一出京戏的开场。

“要帮忙吗？”田博站在院中同情地看着小悠，他穿了一件黑色的大毛衣，端着双臂。小悠不理他，执拗地将行李箱拖拽下来，拖过田博家门口也没有停下来的意思，田博还是主动赶上来帮忙了，两个人合力将所有箱子推到垃圾站旁。

小悠松了一口气，抹着额上的汗，一抬头看见刚刚走进小区的Ruby，她穿了一件粉色的大衣，美丽且动人。

Ruby冲她微笑着说：“你在干吗？”

小悠有点惊讶：“Ruby，你怎么来了？”

Ruby的目光落在垃圾站旁的箱子上，箱子口已经开了，里面塞满了俊浩的衣物、光盘、留声机，还有他和小悠的合影，Ruby走近了蹲下来捡起破碎的相框，看着里面俊浩的相片，发着呆，相片里也有她的记忆。

小悠一把夺过相框，扔回箱子里，拉着Ruby说：“走吧，咱们吃饭去！”又回头对田博说，“天天砸我门，就不谢你了！”然后挽着Ruby的手往小区大门外走，田博静静地站在那里看着她们，Ruby回头看了一眼垃圾站旁的箱子，依依不舍。

小悠又打电话叫了大毛和兔子过来，一行四人在一家火锅店里吃火锅。店里客人很多，吵吵嚷嚷，热闹喧腾，他们坐在大堂一个角落里。火锅已经煮沸，冒着热气。

小悠夹着涮羊肉吃了一大口，然后端着一大杯啤酒一饮而尽，淡淡苦味的酒从喉咙一路顺着食道滑向她的胃里，一阵冰冷，她的眼里被激出泪花，痛快地打了个酒嗝。

其他三人没什么胃口，盯着她看，看她装疯卖傻表演饥饿的流浪汉，他们是观众。

“不是要贴秋膘吗？你们怎么都不吃啊？”小悠问。

“小悠姐，我可真佩服你，胃口还这么好，要是我早崩溃了！”兔子表情尴尬地说。

小悠笑了笑，继续吃着喝着，坐在对面的Ruby终于看不过，拉着一张脸说：“说实话有时候我真怀疑，你到底是不是真爱俊浩。”

“有区别吗？反正人都回不来了。”小悠依然没有停下筷子，又喝了一大口啤酒。

兔子说：“小悠姐，你不知道，这几天大家多担心你。尤其是Ruby姐，一直怕你出事。”

Ruby赶快接下去说：“就多余，没看人家现在过得比谁都好！”Ruby说着扔下筷子，将脸扭向一边不看小悠，悲伤得想哭。

小悠说：“我知道你喜欢过俊浩，还给俊浩写过情书。”

兔子听闻后惊诧不已，看着小悠，又看看Ruby，企图从Ruby的表情上验证这消息的真实性。大毛更是一脸尴尬，不知所措又有点难过地看着Ruby。

Ruby长叹了一声说："是，我是喜欢过俊浩，怎么了？你只不过比我早认识他两年，可是你爱他吗？你了解过他么？他死了，你连他的葬礼都没去，还把他的东西都扔了。"她难掩自己的悲伤，几乎哭出来。

大毛支支吾吾地说："哎，咱们吃饭吧！"他企图转换话题。

"你别说话！"Ruby粗暴地打断他。

小悠说："让她说完！"

Ruby平复了一下自己的情绪，接着说："你进公司快两年了，知道外面的设计师是什么价吗？俊浩为什么非要待在这个鸟不拉屎的地方？就因为你，因为他和老马有协议！求老马收留你，要买一赠一！"

小悠夹菜的手停在半空中，一片蘑菇还冒着热气滴着汤汁，整个表情也是不期然的惊愕，端端正正地愣在那里。

Ruby继续说："你也不想想，你一个学韩语的做设计师助理，你能帮什么忙？俊浩宠你，老马也让着你，可你竟然把俊浩辛辛苦苦揽下的工程一脚给踢没了。"

小悠的脸红了，她放下筷子，咬着下唇绝望地苦笑着："既然我那么差，为什么还跟我做朋友？如果你是因为喜欢俊浩才跟我做朋友的，你现在就可以走了，我不值得！如果不是，对不起，我替俊浩向你道歉，你压根不是他的菜。你们的好我会记着，欠你们的一定会还回来！结账！"说完，她猛地站起来，拎着包快步离开座位，剩下一桌子人的惊愕。

Ruby呆呆地坐在那里，一言不发。

第二章

时间轴上的道别符

倘若如果

俊浩离开后，小悠无法入睡，起初是小的失眠，到最后是整夜整夜无法入睡。看着天色渐渐变暗变深，看着华灯初上，还有街上的霓虹闪着绮丽的光芒，一整夜，仿佛在告诉她，她正在一个活色生香的奢靡和颓唐的城市里生活着，必须感知它的存在，这样她就不会轻易放弃生命，她需要这座城市来帮她确认已经从失去爱人的痛苦之中走出来，用她的双眼一眨不眨地注视着张扬着无尽的凄楚的黑夜。

夜色浓重了，华露打在窗棂之上，发出些微细小的磨牙般的声响。她听得到，夜如此之静，水管里有水流动的声音，也是细微的，潺潺的，它不流向她的房间，它流向别人温暖的家，家里有爸爸妈妈，也有一个温柔的爱人。不是她的。

她问布偶熊俊浩去哪了，但它不知道，它用沉默拒绝回答这傻傻的问题，可她分明看到俊浩就坐在客厅里，电脑桌那里，他的背影高大，肩膀略宽但有点单薄，中长的碎发垂在他的脖颈上，隐隐在动。俊浩还在工作，而她就这样守着他。

她依然无法入睡，眼睛闭起来好一会儿，数了一千多只绵羊或者布偶熊也无济于事，失眠像一个古怪的幽灵一样，侵占了她的大脑和全部神经系统，她摸摸眼睛，还是圆睁着的。

床头柜上放着一瓶阿普唑仑片，她吃了两片之后，再一次躺在床上，身子蜷向里面，用她在妈妈子宫里的模样，她想感知一种温暖，不管它来自何方，此时此刻请来融化我。

然后，俊浩来了，他也躺在了床上，从后面慢慢地抱住了她，用一只手抚摸着她的头发，温柔得如同三月春风，她已忘记现在是深秋时节，窗外的风已经开始无情地吼叫。

“你又吃安眠药了？”俊浩的声音传入她的耳朵。

“我是不是很没用？把什么事都搞砸了。”她的声音听起来略带沙哑，哭了很久了。

俊浩没再说话，握住她的手，抚摸着她的手背，然后她就在他的怀里结结实实地睡着了。

灰暗的清晨，两边排列着梧桐树的街道上，清洁工人“哗啦哗啦”扫着落叶，空气焦腥，有一两个行人在晨跑，一辆黑色的汽车喷着尾气从街上开过，扬起一阵烟尘。

这是城市郊区的艺术区，从前是清冷的，如今也和城市有了相同的速度，高楼林立，商铺云集，处处透着浓重的商业气息，已与艺术相去甚远。园区内的某个尚未竣工的小楼前，工人们正在收拾机械、建材，将它们装进车里，准备撤离此处，室内一个半成品的巨大的铁架子像头巨兽的骸骨高高耸立在当中，两名工人站在搭建好的高台上，用缆绳吊着一个拆卸下来的铁块，慢慢往下放。

被小悠一脚踢到楼下的陈总拄着拐杖，在楼下喊着："小心点，别砸着地板！"

小悠紧跟在他身后，陈总回头看到她，无奈地说："你们马总已经把违约金赔给我了，我跟你们早就两清了，还赖着不走？想赔钱又赔人是吧？"

她正要争辩："我不是……"

立刻被陈总抢了过去："别道歉，我不接受！"

她只得重新声辩："我不是来道歉的。"

陈总不相信地看着她，指着半成品的铁架子说："想复工？！行，看见没？你们那个姓朴的设计师说，要在这边做一个什么——飘浮在半空中的铁架艺术，只要你能把它弄好，我就答应你。"

小悠望着铁架子，陈总接着说："真有种自己干，别找别人帮忙！"

她倔强的脾气又上来，奔到旁边，拖着沉重的电焊机到铁架旁，之前还在高台上做着拆卸工作的工人们，一起移动出高台，离开了。

她分明听到其中一个工人说："这不胡闹吗？这活要谁都能做，还要焊工干吗？"然后，他们就走了，陈总也得意洋洋地走了，工地上，只剩下小悠一个人了。

她一手拿着焊枪，一手拿着护目镜蹲在铁架旁，倾斜着身子，尝试如何使用电焊机，又怕被伤到，小心翼翼地，焊条刚碰到铁架，只觉得一股电流从她的手中传输出去，她紧张地丢掉护目镜，铁架抖动着，喷出火星，吓得她丢掉了电焊机，惊声尖叫起来。

如果这时俊浩在，如果这时……俊浩真的不在了。

小悠将双手泡进水池中，呆呆看着手上磨出的小水泡，疼得她直掉眼泪。

她仰着头坐在沙发上点眼药水，眼睛被火星刺得微微发痛，刚才工地那惊人的一幕让她心有余悸，万一火星蹿进眼睛里要如何是好，想想都有些后怕。

她刚要上眼药水，俊浩出现了，这次他不是从后面抱住她，也不是如戆戆一样突然蹿到她的面前，而是悄悄坐在她旁边温柔地看着她，她用力地眨着眼睛，再睁开，他仍然还在。

俊浩接过她的药瓶，她乖乖地仰起头。

俊浩说："竟然做这种蠢事，工人都撤了，再坚持有什么意义呢？"

她没说话，俊浩命令地对她说："眨眼！快眨眼！"她没有动，滴在眼睛里的药水顺着眼睑流了出来，轻轻拂过她的脸颊，像条悲伤的小溪。

"我怕闭上眼睛，就再也看不见你了。"她说。

俊浩轻轻把她揽入了怀中，她也抱住了他，她闻到他身上有熟悉的气味，淡淡的古龙水。

她的眼泪流了出来，小声地“嘤嘤”地哭了。

“对不起，对不起，都是我不好！”

俊浩不说话，轻轻抚着她的头发，而她悲伤的情绪也达到了顶点，坐在他怀里，仿佛一切都不重要了，烟消云散。这些天来的思念夹杂着懊悔，还有来自周遭的各种无形的有形的压力在这一刻轰然决堤，炸开隐忍的堤坝，形成新的伤口，她哭得不能自已。

“我不该跟你吵架，不该对你发脾气。如果我求你留下，就不会出事了！现在，我连个道歉的机会都没有，我不是不想去参加你的葬礼，是不敢去，怕我以后再也见不到你了！俊浩，没有你，我该怎么办啊？”

窗外夜色阑珊，像浓稠的黑色墨汁，铺满了整个天幕。星光哑暗，一架飞机闪着灯剪开夜色，天空在它后面瞬间弥合，飞机向着西西里岛的方向飞去，一去不回。

又一晚，小悠时间尚空闲，得以脱身，骑着摩托车带着戆戆来到陈总的工地上，天空阴云密布，厚厚重重，像层叠的岩石，城市乱风飞舞，幽灵们蹦蹦跳跳四下乱蹿。

“戆戆，给我加油！”小悠亲了它一下，放在地上，现在只有它陪在她身边，不离不弃。戆戆乖乖地蹲在边上。

她认真地一手拿着护目镜，一手握着焊枪，继续练习着焊接，她不相信做不到，焊条刚刚触碰到铁架，就“吱吱”地冒出火花。戆戆被火光吓到，惊吓般跳开，躲到楼梯的夹角处去。

窗外，积雨云越来越厚重，像吞了铅块似的几欲坠落，她没心思理睬，仍然在认真练习，焊条突然点燃，慢慢融化着铁块，火花依然在闪烁，隔着护目镜，她看不到它们恐惧的模样，只能听到“吱吱”的声响，渐渐地，两块铁板被她焊接成功，虽然有些扭曲，但它们分明已经连在了一起。

“戆戆，我成功了！”她兴奋地喊着戆戆。

窗外“轰”地打了一声响雷，狂风大作，二楼高台吊着的一个灯饰突然掉落，发出巨大声响，戆戆被响声吓到，突然往门外狂奔而去。

眼见着它消失在门口，小悠匆忙丢下焊枪叫着它的名字追了出去，它小小的身子冲进大雨里，跑到前面路口，突然一个拐弯，就在大雨中消失了。

粗大的雨点已经如倾倒下来的石子，钝重有力地砸在她身上，很快迅疾密麻起来，大风将雨吹成天罗地网，兜住整个世界，此时她已浑身湿透，在街上奔跑着，喊着戆戆的名字，但喊不过闪电和雷鸣……凛冽的秋雨和寒风的气势，累累层叠，她突然害怕起来，如果连戆戆都离开了她，她将一无所有了，她不能再承受这种痛苦，不能再失去戆戆。

有人骑着自行车从旁边经过，她跑过去拦住他问，他说这么大雨，哪看得见啊，然后走了，又有一个路人撑着雨伞，她追上前去问，他摇摇头。她已经乱了章法，这讨厌的雷声，讨厌的雨天，更讨厌的是自己，为何要把它带出来呢！可怜的戆戆，你在哪里？她终于被现实击打得溃不成军，“呜呜”哭起来。

她拦住所能遇见的每一个人，焦急地等待一个答案，但人们纷纷摇头，爱莫能助的样子。她不想放弃，任凭雨水已经将她彻底淋得通透，由它去，继续寻找，薏薏已是她活下去的唯一希望。

这时，有一个大叔正好走过来，她问他有没有见过一只斗牛犬，他指了指马路对面，说好像刚才有看到在那边，她高兴得连连谢他。

对面刚好亮起红灯，她焦急地直冲过去，竟然忘记是违反交通规则，将红灯看成了通行，脑子已经混乱，突然两边开过来密密麻麻的汽车，亮着巨大的眼睛似的车灯，古怪嶙峋地照着她，将她围困在马路中央，刺目的车灯企图从她身体里穿过，她站在孤岛之中，手足无措。

可她能感觉到薏薏就在马路的另外一边等她，她决定见缝插针，刚好有辆车子行动尚算缓慢，在大雨中踯躅，她有机可乘，大步流星一路狂奔，就在她即将到达彼岸时，她听到一声紧急的速刹，然后“嘭”的一下，有个庞然大物撞向了她，她一个剧烈反弹飞了出去，“咚”的一声如那盏二楼的灯饰，用力地摔向几米后的地面。

在千分之一秒的瞬间，她听到有人叫她的名字，看到一张熟悉的脸，在摔向地面之后，他飞奔过来抱住她，她还有些微清晰的意识。

“小悠！小悠！”他大声地叫着她的名字。

是俊浩，是他，但她已经渐渐失去了意识，眼前一片漆黑。

如梦初醒

小悠在病床上昏睡着，额头上贴着纱布，手臂上吊着盐水，她的刘海湿漉漉的，紧紧贴在额前，俊浩就站在床边上，一只手轻轻握住小悠的手，正准备走，突然病床上正在昏睡的小悠紧紧抓住了他的手，不肯放开，他努力几下无法抽出，反复几次，小悠反而抓得更紧了，生怕他离开，甚至将他的手背抓出深深的红印。

“俊浩，别走，别走，别离开我！”小悠哭着醒来。

俊浩不见了，原来是南柯一梦，她惊魂未定剧烈地喘息着，来苏水的味道很浓重地扑鼻而来，夹杂着某种宿命的味道。环顾四周，她发现自己正躺在医院里，盐水瓶中的透明液体一滴一滴通过塑料管道进入她的身体，她虚弱无力，无法动弹，像浸泡在药水里的标本。

刚才大雨中的车祸历历在目，仿佛就在一分钟前，而从地上抱起她的俊浩却不见了。又是一场幻觉，她在最危难的时候总是能看见俊浩的脸。不对，不是幻觉，她还依稀记得俊浩焦急的表情，听到他叫她的名字，还有他温暖的怀抱，她都结结实实地感受到。

如果那是梦，就让她再昏迷一次，只有那样，她才能与他得见。

她听到有人说话的声音，爸爸在走廊外面和医生交谈着。

医生说："放心吧，只是轻微擦伤，病人只是太累了，一定要注意休息！"

爸爸谢了医生回到病房里，发现小悠已经拔掉针头，正晃晃悠悠地下床穿鞋，他赶快拦住她。

"小悠，你怎么下来了？"爸爸问。

"我刚才看见俊浩了，我要去找他！"她挣扎着说。

"傻孩子，俊浩死了，他已经不在了。"看到她这样，爸爸难掩悲伤的情绪。

小悠突然间愣住了，她想起来了，俊浩确实不在了，那他的脸、他的声音还有他的怀抱都确定是自己的幻觉了，她忍着眼泪努力让自己清醒，身后传来爸爸恳求的声音："小悠，跟我回家住吧，爸爸在你身边也好有个照应！"

"回家，回哪儿的家啊？妈妈没了，俊浩也没了，我哪还有家啊？"泪水在眼睛里打转，小悠沮丧极了，爸爸没说什么，只怔怔地看着小悠。

小悠一脸绝望，静静地离开。

小悠疲惫不堪地走进家门，那扇再熟悉不过的门，从前俊浩会帮她推开，然后拉她进来，直接拉进怀抱，将所有想念揉碎在她身体里，她找不到拒绝的理由。而此时只有她一个人推开冰冷的房门，扑面而来的是一股陌生的气息夹裹着潮湿的发霉的味道，将她团团包围住。

刚才大雨侵袭了她的身体，加上车祸的重创，还有失去戆戆的自责，让她此刻已有点支撑不住，怕自己会彻底倒下去，她冷得浑身筛糠般发抖，跌坐在沙发上，不再有戆戆扭着屁股过来舔她的脚，她的脚冰冷得失去知觉，突然一个喷嚏提醒她要感冒。

她起身走向浴室，放了满缸的热水，然后到厨房打开煤气，放上水壶，想烧点水喝。接着，她又回到客厅，打开CD机，播放了普契尼《蝴蝶夫人》之《爱的二重唱》，音乐舒缓悠扬，听不到一点悲伤。

浴缸的水已经差不多了，她很快脱掉衣服进入浴缸，将头搁在缸沿上，温热的水像俊浩的手托举着她，她伸展四肢，觉得自己像浮在水中的莲荷，漾起一圈圈细小的波纹，整个神经渐渐放松，音乐依然传来，她闭上双眼。

她听到他呼喊着她的名字，一步一步走进来。

浴缸里的水早已放满，一直向外溢着，流到地上。不一会儿，整个卫生间已是满地积水，而她仍然躺在那里浑然不觉，浴缸旁边，戆戆的玩具球在积水中漂浮游走，无拘无束，水越过门槛欢快地向外流淌。

厨房的水壶“呜呜”叫着，水早已沸腾，但那声音隔了一道门，又被压低在普契尼的音乐之下，变成虫子的嗡鸣，水突然溢出，灶火被熄灭，煤气正在外泄。

小悠还躺在浴缸里，轻声地跟着哼唱，额头上仍然贴着纱布，她回味着俊浩如水样温柔的怀抱，她想整个人陷进去，于是她慢慢下滑，水漫过她的嘴巴、鼻子、额上的纱布、整个人。她睁开了眼睛，透过涌动的水看着天花板上的浴霸，四只幽灵的眼睛，流光飞舞，艳影绰绰，光怪陆离，极不真实。

正当她游离在现实之外时，她感觉到有一只手轻轻巧巧地将她托出水面，她的鼻子一接触到空气，就迅速地被呛出一个喷嚏，然后她听到一阵急促的敲门声，伴着音乐，夹杂着一个男人的叫喊。

一定又是楼下的男人。

小悠围了一件白色浴袍去开门。一开门，细细高高的田博站在门外，他已经后退了五六步，正准备用身体撞门，他剑拔弩张的架势吓到了她。

“你干吗？”小悠问他。

田博刚想说话，突然闻到浓烈刺鼻的煤气味，不由分说直接推开挡在门口的小悠，冲进厨房，关掉煤气，再冲进浴室关掉水龙头，打开客厅的窗户通风。小悠就站在他身后，看他熟练又完整地做完了全部，恍惚间又是俊浩的影子在屋子里旋转。

“你干吗呢？”田博气愤地问她。

“我？就是在洗澡啊！”她揉揉头发。

“你这是洗澡吗？煤气泄了满屋子，你不怕把房子炸了，水龙头也不关，水都淹到楼下了，连我的钢琴都泡了，你知不知道？”田博气得胀红了脸，眼前这可恶的小女人。

小悠发着呆，不知如何接话。

“大姐，全世界又不止你一个人失恋，比你痛苦的人多的是！谁跟你一样天天要死要活的？”他的声音如一支支厉声响箭，穿过满屋的煤气和音乐射向她，听起来结实又愤怒。

她觉得很委屈，咬着下嘴唇，一言不发，头上的水从她脸上滑下来，滴进胸前的浴袍里。田博大概也觉得自己的话过重了，她不过是个受了伤的女孩，错不在她，他平静了一下，接着说：“每个人都有伤心的事和过不去的坎，如果死能解决问题的话，我可能早就死了。可人不能太自私，想想那些已经离开的人。如果他知道我们像现在这样，会不会比我们更难过？”

两个人一时无话，小悠呆了一会儿说：“我的狗丢了，你能帮我找狗吗？”

小悠拿着一大沓厚厚的宠物站和流浪狗收容中心的名片，逐个打电话过去询问，觉得或许会有戆戆的线索。

“喂，您好，是流浪狗收容中心吗……”

“喂，您好，是真真宠物店吗？最近你们有没有捡到一只斗牛犬？”

……

然而，均如石沉大海，没有人见过小悠形容的那只名叫戆戆的斗牛犬，还有的人建议她再买一只，他这里就有，可以打折……小悠失望地挂断电话，看来果然没有办法了，她拖着沉重地步伐往回走，希望田博那边会有好消息。

另一边，田博也在忙碌着，拿着甏甏的照片拦住路人询问，又去宠物市场挨家挨户寻找，店里的人都摇头。Ruby、兔子和大毛也来帮忙，他们在街上张贴“寻狗启事”，和田博一样拿着照片向路人打听，把“寻狗启事”分发到路人手中，很多路人摇手不要，要了的人也只不过看了一眼，就随手丢在地上，风卷着印有甏甏照片和外形特征的纸张到处乱飞。

这一天，兔子陪着小悠去了一处十分隐蔽的地方，嘉定江桥的一处民居，远得有如到了天边，毕竟是在郊区，连空气都变得冷了几度。

她们沿着一条羊肠小路往里面走，没有路灯，远处一辆辆拉着沙石的土方车开来开去，扬起沙灰阵阵，小悠捂着鼻子，有点害怕。

“到了吗？”小悠问。

“快了，快了。”兔子说，“大师电话里说的地方就是这里了。”

“你哪儿找的？”小悠问。

“我的好姐妹都找他的，都说很灵的，你相信我啦！”兔子说。

终于她们到了一幢破旧的老式私房门前，兔子又打了电话确认，才敢敲那扇黑红色的木门。

大师来开门，是个头发蓬乱的獐头鼠目的男子，他带他们往里面去，穿过一道回廊和天井，到达门楣很低的一个狭小的房间。

小悠在后面轻轻扯了扯兔子的衣襟，兔子也有点害怕，硬着头皮跟着大师进去，她的手插进口袋里，捏着电话，随时准备打110，她不敢让小悠觉察到她的紧张。

房间里本就不大，点着暗红色的一盏灯泡，四周摆着密密麻麻的箱子和柜子，柜子上几尊佛像，低眉慈目，面容微笑，披了红色的斗篷，面前摆着果品，青烟缭绕，看起来肃穆又诡异。

大师稳稳地坐在一张地桌后面的蒲团上，盘着双腿，桌上摆着各种法器和书本，还有两只白色蜡烛，小悠和兔子的面前有两只很脏的圆垫，她们互相看看，不知是要跪着还是要坐着，小屋的气氛很凝重，她们吓得浑身发着抖。

“请坐。”大师气定神闲地伸出一只手。

她二人战战兢兢坐下。

“你们所求何事啊？”大师笑眯眯地问。

“我是想来找人……不，是找狗。”小悠说着，从包里拿出戆戆的照片还有一撮家里收集的狗毛，斗牛犬毛短，收集还真不容易。

大师笑了：“人的事都管不过来，还管狗。”

“这狗对我非常重要。”她说。

“大师，我带她来，也是因为听朋友说您算得特别灵验，您就当帮帮她吧，求求您啦。”兔子也帮忙求情。

“你其实是来找人的。”大师腾出一只手捻着几根参差不齐的鼠须，故作神秘地说，“送你狗的人对你很重要，如果他不在你身边，你就是来找他的，如果他在你身边，你就是来找他的心的，我说得对吗？”这大师胡言乱说，对不对都可解释得通，他分明知道如何应对这些红尘中的痴男怨女，尤其是心智不成熟的小女生们。

小悠一言不发，陷入沉思。

“大师真是厉害。”兔子说，“她的男朋友出了事，人已不在了。”

小悠咬着嘴唇，眼泪逼出眼眶。

“我就说嘛。”大师似乎松了一口气，“你把他的生辰八字给我，我来帮你看看他现在何方？”

兔子碰了一下小悠，小悠如梦初醒，赶快把知道的俊浩的生辰八字说给大师听。

大师伸出一只手，摊开，拇指在每一个指关节处轻轻点击，闭着眼睛，嘴里念念有词，不过一会儿，他便睁开了眼睛说：“这个人走得不安心，他还有未了的心愿没有完成。”

小悠听完，连忙掏出身上所有的钱，钱包里的、口袋里的，堆在了桌子上，请求大师代为发功，大师一边无奈地摇头，一边收起了钱，然后从身后掏出一只水晶球说：“把你要说的话对着这只充满魔性的球说出来，你想的那个人就会听到，如果他的心愿了了，他就会安心去投胎了。”

水晶球摆在了桌子上，在蜡烛和红灯的照射下发着光，也映出他们三人扭曲的脸，小悠凑近了些，咽了一口唾沫，开始对着水晶球说话。

“俊浩，对不起，我不该冲你发脾气，不该骂你，如果当时我低头求你留下来，你就不会出事。”说到这里，她已是泣不成声，兔子也跟着动容。

小悠接着说："我不是不想参加你的葬礼，是因为害怕，我不能接受你已经离开的事实，我也无法相信这是真的，我情愿相信你生活在这世界上的另外一个地方，或者就在我的隔壁，你只是不想与我见面，我也愿意，只要你还活着就行。"她已是泪雨滂沱。

兔子也擦着眼睛，小悠继续说："最近，我似乎常常可以看到你，就在我身边，不会有错，一定是你。"兔子吓得浑身发毛，说："小悠姐，你别吓我。"

大师打断兔子说："这些都是真的，那个人走得不安心，一定是有原因的。"

兔子看了小悠一眼，赶快又掏出些钱放在桌子上，对大师说："大师，那请您快点发功吧，让俊浩哥赶快去投胎吧，他不走对我们都没有好处的。"大师收起钱，眉头紧锁，嘴里一直嘟嘟囔囔的。

佛像前的青烟一直向上飞升，盘桓在天花板上，红灯被罩上一层雾，大师说，水晶球听到了小悠的倾诉，已经转告给那个人了，请她放心吧。

一大早晨，老马就遇到了棘手的事情，他的公司里挤满了送狗的人，简直变成了宠物市场。

他推门进来，有个大叔拦住他问："你是负责人吗？"

老马说："我是。"

大叔把一只狗往老马怀里一塞，说："狗我已经找到，就是它，快点付一万块钱。"

“什么钱？”老马问。

“你在网上发的帖子写得清清楚楚的，找到狗就付一万块钱的。”大叔理直气壮。

兔子赶快跑过来解围，将狗塞回给大叔，赔着笑脸说：“写是写了的，但我们找的是斗牛犬，你这是京巴啊！”大叔拿回了狗，骂骂咧咧地走了。

老马捉住兔子问：“谁发的帖子说要给钱的？”

兔子一脸无辜地说：“我也不知道，我都问了，大家都说没发，可这些人一大早就冲进来了。”

老马二楼的办公室门外，依顺序坐着一个又一个抱着各种狗等着老马的人，十分热闹。

老马刚进去，一个妇女抱着一只博美就冲进来了：“是半年前的一个晚上吧？当时身上脏得不行……”

老马挥挥手请她离开，一个小伙子也抱着一只杂交的串种小狗进来，表情很伤感地说：“我这人就是有爱心，见不得狗遭罪……”

一楼大厅里，兔子和Ruby正在逗弄着一只可鲁，可鲁趴在兔子身上亲吻着她，她乐得叽叽咕咕，大毛捏着鼻子心不甘情不愿地清理着狗便便，一脸忧伤，老鲁则被一只神经错乱的吉娃娃追着到处跑，整个大厅人仰马翻。

最后终于看到一只斗牛犬。

一个哥们很神气地抱着一只斗牛犬说：“看好了，我这狗跟他们的不一样，这可是正宗的斗牛犬。”他像得了世界冠军一样骄傲。

老马苦着脸说："是！可这不是我们的狗啊！"

那哥们不屑地翻着眼睛说："是斗牛不就得了？那么挑剔干吗？"

老马哭笑不得。

星空咖啡馆

在那个充满商业化的艺术区中半成品的酒吧间内，宽框的无玻璃的窗子里，噼啪闪着火光，一个穿长袖衫牛仔裤，头发扎得很高的女孩子攀爬在铁架子上，十分专业又认真地进行着焊接工作，样子娴熟到位，气定神闲，好像她已变成焊接能手。

Ruby小心地绕过满地的建材垃圾，皱着眉头走到铁架下，小悠还在铁架上做着长臂猿。她对着小悠表情冷冷地说：“老马让我来叫你回去。”然后又突然而至的一阵心酸，“别在这儿遭罪了！”

小悠不想理她，权当没听见，跳下铁架，走到墙边挑选着桌上的焊接条，认真得几乎看不出半点破绽，一边选一边说：“告诉老马，我做这些不是为了公司。”

背后，Ruby静静站着，心里五味杂陈，小悠回头冲她笑笑。

又一日，小悠骑着摩托车来到酒吧工地，这已经不知是她第几次来了，焊接工作也快完成，只剩收尾，奇怪的是，她总觉得“事半功倍”，明明是焊歪的，第二天便奇迹般“矫正自愈”，冥冥中有双无形的手在帮衬着她，她早晚要揭晓谜底。

她看着已经焊接完成的铁架发着懵，总觉得缺少了些什么，她再看看墙上的图纸和头顶的铁架，心里盘算着下一步该做些什么，突然灵机一动，转身出了门。

她打算刷掉那些看起来灰灰脏脏的墙面，于是找到几桶油漆，又找了一个空桶搅拌着涂料，因为不熟练，弄到满身满脸的油漆和涂料，头上也白了一大块，像个年轻的小女巫，她将滚刷伸进调配好的涂料桶里，用力地搅了一会儿，拎出桶面刷墙。

她在墙上胡乱抹了一通，原来刷墙没想象中容易，白色的液体像牛奶倒挂一样往下流淌，因为调配得不均匀，有的快，有的慢，形成一道古怪的狼牙，像冬天屋檐下的冰棱，厚的厚，薄的薄。她涂了半天，墙面上还有很多地方没有抹平，留着大量的灰白色区域，她的手臂举得酸痛，精疲力竭地坐在地上，喘着气，然后躺靠在墙壁上啃着面包，望着一整面“泪墙”发呆。休息过后，她重新举起刷子，太高的地方，只得蹦跳起来，涂料被甩得到处都是。

小悠站在一面已经刷好的墙壁前，用手指在墙上画上一个悲伤的“哭脸”表情，以纪念她今日的成果。

她看着“哭脸”，想起俊浩。

“你说过，等这活儿做完就带我去意大利的，朴俊浩，要等我哦！”她在心里默念。

第二天，小悠发现她画的那张“哭脸”被人抹掉了，换了一张“笑脸”，又惊又喜，她很想知道那双“无形的手”是谁，谁在帮助她，她心里激动地认为是俊浩，不管幻觉也好，真实也好，俊浩就在她的身边，从未离开过。

她在“笑脸”的下面留了一句：“Who are you?”

等她过了一天再来工地时，发现那句话后面多了一个“微信语音”的符号，提示“语音15秒”。

小悠开心地笑起来，竟然真的单击那“语音条”，贴在墙壁上认真地听了一会儿，然后她回复，画了一个“握手”的表情。

第四天，“握手”的下面画了一个“大拇指”，给她点赞。她看到那个“大拇指”，亲切地反复用手摸着，摸到斑驳不平的墙面，却觉得很温暖，她心情好极了，开心地跑到园区里，看阳光下来来往往匆忙的人群，觉得每一个过往的行人都在对她微笑，亲切得有如家人。

小悠终于露出了久违的笑容。

夜晚来临了，工地上有一个孤单的身影在忙碌地焊接着铁架，快要结束了，他干得十分卖力，火光在屋子里闪着，有“噼啪”的声音传出。

“别动！”小悠站在门口，拿着一个手电筒，大声地喝着，她是来突袭的，要揭开故事的谜底——那双“无形的手”。

那人呆呆地愣住，举起双手表示投降，小悠走了过来，疑惑地看着那人的背影，有些似曾相识。

“转身！”她说。

那人转过身来，竟然是老马，他被小悠手中的手电筒照得睁不开眼，脸上泛着惨白的光，与小偷无异。

“我说你干吗呢？大半夜的，会吓死人你知道吗？”老马不满地说，放下了双手。

“你怎么在这儿？”小悠有片刻失落，不是她心里想见的那个人。

“我也不知道为什么在这儿，贱呗！”老马说，小悠拿着手电筒四处晃着，疑惑地看着老马。

“就你一个人啊？”她实在不相信老马会是每天跟她在墙上对话的人。

“你来了就俩，正好来帮我一起收拾吧！”

小悠仍然四处看看，企图寻找到其他人，她半信半疑地离开，慢慢下楼，走几步又突然回头，看看是否有人，但的确没有，老马呆呆地看着她，小悠下了楼梯，悄无声息地，又突然飞快地冲了进来，用手电筒四下里晃了一圈。

老马无奈地说：“姑奶奶，你能不能别一惊一乍的？要不走就多待会儿！”

小悠咧嘴傻笑了一下，再次下楼，这次是真的走了，她的摩托车的声音和尾灯渐行渐远，直至消失，老马站在窗口看着她的背影。

三天后，小悠再次来到工地，看着酒吧里陈设的一切已近尾声，大厅里摆放了些沙发桌椅，错落无序，但不是全部，她信步来到那面与“无形的手”（或者就是老马，但她并不完全相信）互相留言的墙壁前，那些话已经被人抹平，找不到丝毫痕迹，小悠反复地摸着，寻找着位置，但是已经找不到了，消失得无影无踪。她找了一支笔，在墙壁上画了两只咖啡杯，下面写着：“一起喝咖啡吗？”

她希望那个人可以看到。

第四天、第五天……小悠每天都会来看那面墙壁，可是除了她画的咖啡杯和写的那句话外，没有其他任何信息。那个人或者没看见，或者没来，再或者看见了不愿回复，她不得而知。她坐在门口，看着园区里来往的人群，神情落寞。

酒吧的装修即将完成，一切都已妥当，该拆掉的脚手架和设备也一一撤走，小悠仍然站在那面墙边上，盯着她写的话看，那句“一起喝咖啡吗”依旧没有回复，她很失落，拿着笔画了一个笑脸，然后在下面写着“Bye”。或许是跟“那个人”告别，或许是跟俊浩告别，也或许是跟这个城市告别，她说过会去意大利找俊浩。

心之所往

小悠已决定，酒吧装修好就去意大利寻找俊浩曾经的脚步，她已做好准备，她打电话给爸爸说要一起吃饭。

父女二人坐在某个餐厅里，餐厅人不多，几张桌子都是空着的，服务员靠在后灶的门口聊天，嬉笑声不时传来，小悠正对面的墙上，高高挂着一台电视机，播放着动画片。

她一边吃饭，一边仰着头看电视，不停地傻笑着，心里已经放下很多事，觉得高兴。

爸爸坐在她对面，满腹忧郁地看着她。

“对了，房产证给你，你帮我把房子卖了吧！”小悠转身从包里掏出房产证，放在爸爸面前，然后又若无其事地吃饭，看动画片，不忘记傻笑。

爸爸摸着鲜红的房产证，一脸疑惑地看着她。

“小悠，你没事吧？”

“哦，不卖也行，要不就交给阿姨处理吧？阿姨她不是还有个孩子吗？”

爸爸硬生生地点头，一巴掌拍在房产证上，悲切地说：“我女儿我还不了解吗？当初不让你俩在一起，你要跟我断绝关系，我跟你阿姨结婚，你从此再没进过那个家门，你妈妈死了快二十年了，你知道这二十年我怎么过来的吗？”

小悠停下了手中的筷子，看着爸爸：“爸！你干吗呀，说得这么难受！”

爸爸说：“我也想过跟你妈妈一块走，可是还有你！我现在是结婚了，可那是你妈妈临死的遗愿，她希望我能过得更好，等你出嫁的时候能有个妈妈来送你。如果哪天你自己都不珍惜自己了，你爸我这二十年就白活了？”爸爸悲伤得差点落泪。

小悠说：“爸，你想哪去了？我是工地上的活干完了，想换个环境。”

爸爸疑惑地看着她。

小悠说：“放心吧，我不会做傻事的！”

在那个俊浩曾经和大毛比赛用鼻孔喝酒的俱乐部里，同样的一群同事，同样震耳欲聋的音乐声，只是少了俊浩一个人，谁都没有说出口，却人人都想到了。满桌的酒瓶子堆积成山，零食和坚果的壳散落在地上，沙发上歪躺着人，电视机前，只剩下兔子在大声唱歌，小悠和老马在喝酒。

“当初谁赌我和俊浩长不了的，先自罚三杯。”小悠喝多了酒，站起来高声叫嚷着。

老马、老鲁等人面面相觑，纷纷端起了酒杯自饮。

小悠跌坐在沙发上说：“你们这帮人，就没一个仗义的！”然后，她爬起来冲着守在门口的服务员大声说：“来来来，给我上酒，上最好的酒！”

大毛、Ruby、兔子和老鲁全看向老马，连服务员也看着他。老马咬着牙出奇地大方：“上上上！多上几瓶！放开喝！”说得心惊肉跳。

小悠踉踉跄跄地走到电视机前，费力地把麦克风插在支架上，她慢慢坐下来，一脸醉意，冲着大家傻笑：“今晚这一顿我请！老马，你就是太抠门了！”说完，几乎笑得流泪。

“如果你当初给俊浩加薪，帮我留住他，也许就不会像现在这样！”小悠大声地说，“现在，姑奶奶我不伺候了！自己玩去吧！”

老鲁眼睛瞟着上方，天花板的四十五度角，一副鄙视的表情。

小悠转身对着老鲁说：“老鲁，我知道你嫉妒俊浩，你就是太装了，太自以为是，虽然你一辈子都成不了艺术家，但肯定比俊浩长寿，你肯定会超过他的，加油！”

老鲁尴尬地摸摸额头，不自然地转动手上的戒指，依然保持着端庄的姿态。

兔子一脸茫然，突然问她："小悠姐，你这是要辞职啊？"

老马等人这才回过神来，纷纷看向小悠，一时间无人说话，小悠笑着，冲兔子飞吻，神情夸张。

"兔子，我爱你！我要是男人就立刻娶你！太省心了！"小悠说。

兔子憨笑着说："两个女人也可以结婚啊。"

众人无语，老鲁一口啤酒喷出来。

小悠又把话筒从支架上取下来，看向Ruby，Ruby知道小悠要说什么，急于躲避她的目光，旁边的大毛也一副坐立不安的表情。

"Ruby姐！Ruby姐！"小悠叫了她好几声，直到Ruby看向她，"Ruby姐，你是我最好的姐妹，以前是，现在也是，可我总是伤害你。"

小悠一边说一边抹着眼泪："我知道你不会跟我一样，就是被我挖苦，翻脸了以后，还总在背后帮着我。"

一句话说到Ruby心坎，她心有所动，怕自己失态，捂着嘴抹着眼泪，很多话埋在心里，脸上装出倔强的表情。

小悠嘘一口气，对大毛笑着："大毛！你一定要好好对Ruby。"大毛不安地看看Ruby，又看向别处，他会对她好，但他不确定她要不要他对她好。

小悠看出他们的窘迫，急着说："你俩那点事就别装了，公司谁不知道啊？也就你把大家当傻子，赶快跟她求婚吧，大老爷们，来个爽快的！"

大毛尴尬地低着头，犹豫不决，刚想张口说话，突然包厢走进来一群穿着吊带裤、小西服、敞露胸肌、油头粉面的美男们。

众人全部愣住，这时动感的音乐倏忽间响起，美男们步伐一致，动作一致，跳起了艳舞，一边扭动着屁股，一边甩掉了小西服。众人面面相觑，互相看看，最后看到小悠这里，她完全无视旁人，只盯着美男们，开心得眼睛眯成一道缝，跟着音乐摇摆。

兔子问她："小悠姐，是你安排的吗？"

小悠一直看着美男们目不转睛，随口说："谁安排都一样，有乐就要乐！"

兔子故意悄悄解开了外衣，一脸妩媚的笑容，老鲁也心花怒放着，一边不自然地抚摸着自己的戒指，故作姿态又满心期待。

美男们一起解开了吊带。

小悠突然大声叫着："脱，脱，脱！"大毛伸手遮住Ruby的眼睛，被Ruby一把打开。

Ruby也开始跟着小悠叫喊："脱，脱，脱！"两个女人的眼珠都快瞪出来了，气氛嗨到顶点，众人欢笑着拍打着桌子，一齐叫喊，老鲁也在喊，只有大毛一人郁闷不已。

当美男们一起脱掉吊带裤后，里面竟然还穿着长裤，大家一起泄了气。

"咳！"

这座浮华的灯红酒绿的城市埋藏了小悠巨大的悲伤，曾几近致命，若不是有个声音一直呼喊着她的名字，一次次将她从危险的境遇中拉回，她恐怕也已跟随俊浩而去。

她整理和收拾好一切，准备与这座城市分别。

她自幼受到的心灵上的重创，失去妈妈所带来的伤痛和自卑，曾很长一段时间盘踞在她的内心，随着时间的流逝，它刚刚好愈合，可又在顷刻间幻化无形，分崩离析，她的伤口再一次被撕裂，已经结痂的嫩红色的边缘地带生生断开，露出新鲜的血肉，她再一次痛得失去知觉。

妈妈去世之后，爸爸曾一度是她唯一的精神支柱，但他不能时时陪她，虽然也曾信誓旦旦地说会陪她一辈子，在二十年间，漫长遥远的过程当中，他结识了新女友，带来另外一个孩子，后来他们结婚，一家三口美满幸福地生活在一起，小悠则变成了多余的妈妈的遗物。

于是，她再次躲起来，像只受伤的小兽，黑夜的角落里悄悄舔舐着自己的伤口，发出轻微的生怕被人听悉的呜咽声。她已经是个没人肯收留的孩子，所以，渐渐变得冰冷，内心被一层又一层的茧包裹住，不对任何人敞开。

她不是一面湖水，世间万物都可以跌落进去，她是一面镜子，倘若遇到任何不义之事，她必将以相同的姿势全力回击，这是她在童年遭遇亲情分离之后，不知不觉间形成的。

坐在起风的夜的桌前，小悠梳理自己的前世今生。远空是烟熏的微黄的月亮，梧桐树在窗外吹着风哨，窗棂发出“叩叩叩叩”的敲打声，诉说现实的无情，仿佛在提醒她，消失比存在更永久。

她想到她的爱情，“消失比存在更永久”。

她从没想过有一天会认识俊浩，也没想过会同他成为亲密爱人生活在一起，她自认为是个没人喜欢的古怪的姑娘，满心忧伤，从没人会注意她的存在。但阳光偏偏就在那个晴朗的午后照耀在她脸上，被他瞧个正着，他们四目相对，那种意外的眼神她至今难忘，仿佛两个失去联系多年的朋友偶一日在茫茫人海中重逢，周遭的一切都已静止不动，只有彼此的心跳声。

但她拒绝与他相认，直到有一天，他悄悄站在她身后，说着满是温暖的话，她回头看他，他满脸写着阳光雨露，满脸的真诚，那一刻她爱上了他。

后来的后来，一个月黑风高的奇怪夜晚，他居然说要回意大利学歌剧，然后丢下所有未完成的事跑了回去，也丢下了她，三个月没消息，再有消息便是他离世的噩耗，跟着她的一颗心跳进了冰冷的海底。

她没去意大利并不是忘记他，是无法面对，也不想让他看到她满脸眼泪鼻涕，她答应他一定会去意大利，不是在满是黑白色的悲伤气氛当中，而是在温暖的季节，带着鲜花去看他，说些他们分开时深藏在心底的情话，只说给他一个人听。

她真的要走了。

她从没想过有一天会离开上海，这里有她的家和她爱的人，但自从俊浩离开之后，他带走了她一半的心，他的意外离世，又带走另外一半，她变成了空心的稻草人，随着风漫无目的地任意摇摆。她终于感受到当年三毛得知荷西意外潜水离世时，是怎样的痛彻心扉，他把她的心也带走了，以至于后来数年，三毛都过得浑浑噩噩，常常说出古怪又让人沉思的话来。

家里的一切已收拾干净，该送人的送人，该丢掉的丢掉，工作辞了，房产证也交给了爸爸，她打算彻彻底底地离开了，到意大利追寻俊浩去了，谁也不知道她的心思，虽然他们曾站在高处看她的笑话。

家里空荡荡的，窗台上的绿植仿佛因她即将离去也已变得枯黄，布偶熊孤单地坐在角落，地板蒙了层白色的浮灰，沙发盖了防尘白布，就连墙上太阳晒进来的影子也已老去。

她站在屋子中央，回望着，行李箱放在门口，这里已然变成沉闷的沙堡，与她不再发生关联。

小悠站在院子里，拿了块湿抹布，擦着摩托车，它也染了尘埃，一盆浑黄的水放在地上。以前，俊浩经常擦它，保持着它原有模样，而她竟然一直忘记，让它看起来跟实际年龄差不多，够复古风。

楼下的邻居田博刚从外面回来，穿了一件深蓝色的外套，阳光有型，他看到她在擦车，停下了脚步。

“这车不错啊！”他说。

她抬起头看了看他，笑着说：“06年的复古款，别看‘他’外表风流倜傥，内心可是深情专一。”她重复着俊浩当初讲过的话。

他也笑了下，然后说：“真抱歉，没能帮你找到戆戆。”

“该抱歉的是我。”小悠说，“一直扰得你没法工作，现在好了，以后就清静了！”

他似乎没听懂她的意思，只“哦”了一声。

小悠从口袋里掏出车钥匙，伸手递给田博，他愣了一下。

“送给你！”

他吃惊地看着她。

“就当是赔你钢琴的钱吧！”

田博赶快摇手：“不用了，我不会骑摩托的。”

她说：“不会可以学啊，反正是要丢的，找个珍惜它的人也不错，洗澡都能把你家淹了，也算是缘分吧！”

田博慢慢地接过了车钥匙，似乎在犹豫着什么，欲言又止的样子，大概也觉得有些不好意思，想拒绝也开不了口。

“谢谢！帮我好好待它！”她拍了拍田博的肩膀。

小悠发现俊浩没死。

终于等到你

老马打电话给小悠，鬼哭狼嚎地叫她到中山公园去，她说不去，他命令似的口吻，她更不搭理他，他已经不再是她的领导，凭什么趾高气扬。于是，他又近乎哀求地说请她去帮忙。

“帮什么忙？”她问。

“你来就知道了，拜托！”他说。

中山公园坐落在长宁区商圈，邻近工作的都是“白骨精”——白领、骨干、精英，很大程度上都会有潜在的预备装修新房的客户，老马说要在这里做活动，广发传单，吸引客源。

公园后面便是著名的苏州河，河水经过几年的综合治理，已经初见成效，黑水变清，臭味不再，据说还有人在河里钓到了鱼。

河边很多精致又小资的店铺，门口装扮得花枝招展，花瓶、绿植、小人偶、破旧的自行车、钟表、鸟笼……用尽各种心思吸引行人驻足停留，店内传出音乐声，欢快悦耳，游客从河边走过，举起相机拍照。贩气球的人举着五颜六色的氢气球，卖力兜售，小朋友不肯走，央求家长要买，家长问了价钱觉得贵，小朋友气得直跺脚，哭起来，家长终于还是给买了，小朋友乐了，眼泪顿时不见，脸上出现一道彩虹。

远远看到老马带着大毛、Ruby、兔子、老鲁在河岸广场发着传单，老马和老鲁站在自己设的简易摊位前招呼路人，一个巨大的广告招牌立在他们身边，“找大马，一定发”的字样分外惹眼。

Ruby拉住几个路人耐心地讲解着。大毛和兔子分别站在代步仪上，给几个年轻人发传单，大毛会心地冲人家笑着，兔子追问一个帅哥有没有结婚，要不要装修房子。老马和老鲁也在大声吆喝着：“大马设计，给你温馨的家！找大马，行好运！找大马，一定发！本公司承接各种家装设计。室内装修，包揽各类大小工程。”生意接得如此辛苦，看着让人不禁心酸。

见小悠走了过来，老马高高扬起略显粗糙的手：“小悠，你怎么现在才来？”

小悠毫不客气地说：“我都辞职了，你们还找我干吗？不是想打击报复吧？”

这时，一个穿着大笨熊人偶服的人，从旁边走了过来，围着小悠不停地摇摆，十分可爱。小悠突然想起了俊浩，不会是他又一次出现在她的生活当中了吧！

老马解释说："五百块一天，从礼仪公司租的。"

小悠说："你啥时候变这么大方了？真是不可思议。"话虽这么说，老马还是感动到小悠了。

老马一边笑着一边递给小悠一摞传单，她看了看说："就发点传单，用得着这么多人吗？"

老马说："公司又把陈总的工程给磕下来了，以后还有大批的业务要一起合作。你哪儿都别去，就好好给我干活，以后工资翻番，奖金加倍！怎么样？干不干？赶快给个准话。"

小悠因为要走了，不想再与上海发生任何关系，于是说："我啥都不会，还是别给你添乱了！"

老马放下手中的传单，对着其他人挥手，他们很快都聚过来了。

老马无奈地向他们摊摊手说："该说的我都说了，看你们的了！"原来他早有预谋。

大毛劝道："小悠，你不在公司，老马天天就知道骂人了！"说得小悠乐了。

Ruby姐撅着嘴说："你不在，都不知道跟谁斗嘴了！"小悠更是笑得直不起弯。

老鲁慢条斯理、一脸认真地说："哥终于升职了，留下吧，以后我罩着你。"

兔子突然间红了眼眶，她说："小悠姐，别丢下我们啊！你走了我们就没开心过。"

一句话说得小悠呆住，原来大家如此关心着自己，她一把抱住了兔子，兔子就趴在她的肩头上，果然像个小孩子一样呜呜地哭了。

这时——

小悠的身后突然响起了的音乐，这是一段熟悉的音乐，是一段小悠终生都不能忘怀的音乐。她依然记得那个傍晚的学院食堂，这段音乐曾带给过她特别的感动，她一下子愣住，仿佛时间停止。

小悠抬头看过去，刚才那个在她旁边不停摇摆的大笨熊向她挥着手，她呆呆地看着，熟悉又陌生，紧张得几乎停止呼吸。

小悠放开兔子，慢慢走了过去，音乐声越来越欢快，大笨熊突然跳起了笨拙可爱的“大熊舞”，路人也被吸引住了。小悠看傻了，然后笑了，笑得满眼泪花。

突然，大笨熊站在那里一动不动，慢慢对小悠张开了双臂。那一刻小悠看到了俊浩，是他，就站在她面前，一定是他，不会是别人，他亦如从前地对她张开了怀抱，像每一次他们见面时那样，将两只手张开到最大限度，等待着她的泊靠，她如一艘飞行的船，冲进了他怀里，紧紧地抱住了他。

小悠的眼泪喷涌而出，俊浩，我们再也不分开了。

她不停地喊着：“我不走了，不走了，哪儿也不去了！”

小悠坐在已经竣工的酒吧里，陈太太坐在她旁边，满脸浓妆，两个生活阅历各不相同的女人坐在一起，她们的共同话题只有这间酒吧，除此之外便是陈总或者酒吧设计师朴俊浩的一些零碎琐事。小悠并不想聊俊浩，那是只属于她一个人的记忆。

“我是为老陈的事来跟你道歉的。谢谢你的坚持，才有了今天的酒吧。”陈太太打量着四周，优雅地说。

“这方案是你定的。”小悠说。

陈太太笑着摇头：“知道朴先生为什么一定要在屋顶加那个观景台吗？他说是来自你的灵感！”

小悠已经猜到，可听完还是有淡淡的感动，她没说话，起身慢慢上楼，走上位于酒吧屋顶的观景台，后面传来陈太太的声音：“辛苦了那么久，不想看看它最后的样子吗？”说着，她揿亮了所有开关。

这时，观景台的上空出现奇观：深蓝色的夜空里，星星接踵出现，接二连三地团簇辉映，汇集成大朵膨胀的巨型云系，厚得几乎坠落；一条闪着光的玉带蜿蜒沿天弧而去，伸向宇宙，戳破夜的肤浅和狂妄，细如弯刀的月亮诡异地藏在天的夹角处，不时探出半个身子，又小心翼翼地缩回墨渣色的云里，地上是风吹过的一大片水色镜面，星空云投射在水面上泛着银河系的流动的光带。

小悠轻轻地走在水镜面上，觉得自己轻薄如一片羽毛，披着嫁衣，随微风飞行，飞去了意大利。水在脚下流动，梦想在天上，头顶是星空，她抬头看天幕，那深不见底的黑和光怪陆离的不真实的光，仿佛是在虚幻的星空中漫步，她想起俊浩说过的那句话：“如果有可能，我会给你整片星空！”

她竟从未发现，上海的夜色会这么美，美得人想沉睡，不愿醒来。

这时小悠身后传来小狗的叫声，她激动地回头去看，憩憩头上戴着蝴蝶结的花头箍，被打扮成了“女宝”，摇摇晃晃地跑过来，吐着舌头，两只耳朵兴奋地背到脑后。小悠高兴地跑过去抱住了它，“憓憓，憓憓”地叫它，它也很兴奋，不停地舔她的脸，她抱着憓憓转着圈。

远处的空中升起一朵朵绚丽的烟花，近处的巨型灯箱上画着西西里碧蓝的海滩和艳阳，以及和风煦日、青草绿地的美丽景象，旁边写着一行字：“当最后一片黄叶落下的时候，你会看到另一片风景。”

对面假山下有一条长椅，恍惚间，俊浩就坐在那椅子上，冲着她微笑，她在心底说：“是的，俊浩，我已经看到了另一片风景了。”

云之彼端

一年后。

小悠静静地坐在浦东国际机场的候机大厅里，身边是红色的行李箱，头顶是炽热的日光灯，耳边响着回声很大的机场播报信息，某某航班即将前往某地，请乘客做好登机准备。

她在等着去意大利的飞机，与一年前俊浩乘坐的是同一班次。

她无法忘记那一天，俊浩头也不回地倔强地离开上海，没留下只字片语，也没有回头看躲在角落里的她，就那样突然消失了，从此他们天各一方。她夜里无法入睡，思念变成一张巨大的网，遮蔽了整个世界，她终于在忍无可忍的状态下，发了信息给俊浩，还打了电话，甚至在短信里苦苦地哀求过他，但都没有得到任何回复，她从失落到失望，最后到绝望，用了整整三个月。后来，她得到了那个惊人的噩耗，从此他们阴阳两隔。

她不吃不喝不睡，往死里折腾自己，就是不能从悲伤的情绪中走出去，整个人生也变得灰暗了，她活得没有任何指望，生不如死。好在家人和朋友没有放弃她，帮扶着她，使她从濒死的境地里走出来，重新开始面对人生。她时常看到俊浩在她周围出现，看着她，抚摸她，亲吻她，给她鼓励，她知道他没有真的离去，说不定哪一天他们会不期而遇，他就在茫茫的人海里等着她去找寻。

她知道他去了哪里——意大利西西里岛，他生活了十三年的城市，他最后还是回去了。一年之后，她终于能够彻底地面对一切，包括他的死亡。西西里有太多俊浩的影子、生活过的痕迹，所以，她才来找他。

我即将到达你的城市，走过每一条你熟悉的路，看每一处你曾经驻足停留过的风景，山川、湖海、艳阳，如今同一个时空之下，你又在哪里？

飞机沿着既定的航线飞行，离开上海，离开中国，十九个小时后抵达了热情的国度——意大利。

西西里岛是意大利最大的也是人口最多的岛屿，是俊浩生活过的地方，气候温暖、风景怡人，全世界的人都跑来度假，把整个岛挤得快要爆炸了。

自从下了飞机到现在，小悠坐在一辆出租车里，趴在窗口向外张望着异国风情，山脉、丘陵，奶黄色的错落有致的房子和山顶的热带植物。暖风吹进车子里，她眯起眼睛，头发在风里飞扬。

车子在西西里南部旧城的老街里穿行，像只慌乱的瓢虫，两侧是火山岩修建的百年老房子，漆着黄色和绛红色的外墙，阳台上种着花，路边有柑橘和柠檬树在微风中摇摆，白皮肤的小孩欢叫着在小巷中横冲直撞，有商贩穿着白袍子头顶着岛上特产的水果向游人兜售，路边一家家挤挤挨挨的葡萄酒屋、大大小小的木偶剧场鳞次栉比……1908年大地震和海啸曾把这里夷为平地，想象不到它今日的繁华背后曾遭遇灭顶，写满灾难，还有欧洲最大的活火山埃特纳像个定时炸弹高高地耸立着，冒着灰白色的烟雾，十八世纪以来，它喷发过几十次，每次都给当地居民的生活构成严重威胁，真是多灾多难又让人心惊心痛的城市。

出租车越过一座斑驳不堪的百年石桥，离开城市，迎着太阳往海边驶去。一道山峦顺地势伸向海里，形成月牙海湾，远远可见起伏不停的第勒尼安海，蓝得透着墨色，像被扯下来的天空。沙滩是白色的，在海浪中泛着泡沫，山上一排排地中海特有的白墙屋，由火山岩和石块堆砌而成，每日受着海风侵袭，风化成一个个幽蔽的洞穴。

车子继续开着，道路两边是一片片橄榄园，小悠伸长了脖子看，记得俊浩说过，姐姐家也有一座橄榄园，他最喜欢躺在橄榄树下睡觉，海风吹着，阳光穿过树叶照在身上，一直可以睡到夕阳落山，姐姐会拎着耳朵拉他起来回家吃饭。想到这些，小悠甜甜地笑了。

终于到了南部的农村小镇，钟楼、教堂、白房子、羊肠石子路形成一座小小城邦，背后是漫山遍野的橄榄树和一部分光秃秃的仙人掌，夹着黄的紫的不知名的野花，知道她来，向她友好地挥动着手臂。

我终于抵达了你的城市，看你看过的繁花，走你走过的巷弄，摘你摘过的果实，呼吸你呼吸过的空气，一切全都围绕着你，在我梦里，这些都不止一次。

车子进入一条窄小的石头道路，颠簸了一会儿，在一个农庄院子门前停下来，小悠付了钱，提着行李箱下车。

九岁的安东正在院子里玩着，他金色的头发沐浴在阳光下，像个被爱守护的天使，他正拿着一只小的铁锹，将院中的泥土翻得到处都是，里奥在门口修车，躺在车身下面，只露出蹭着机油的两条腿。树叶在微风中轻轻摇动，空气中弥漫着焦热和辛辣。

小悠拎着行李，走到院子前面站着，看着这院子，还有眼前的旧得泛黄的石头基座的小楼。在二楼的某个窗口，俊浩曾经站在那里眺望远方碧蓝的第勒尼安海，是在想念她吗？可她不知道。

安东抬起头看到这个好看的东方人，和妈妈很像，他在舅舅的房间见过这张脸，他回头喊着："妈妈！妈妈！"

里奥也从车底抽出半个身子，歪着头看小悠，很快他也认出了她，是俊浩生前的女朋友。

俊浩的姐姐秀贞拍打着两手从屋子里走出来，看到小悠的那一刻，虽然有些惊诧，却丝毫没有热情的表示。她看了小悠一眼，脸色渐渐怒起来，转身就走了，小悠尴尬地站在那里，安东缩着肩膀，小悠笑了笑。

小悠还是走进了秀贞的家，即使她对她没有好脸色，视她为无物，小悠还是乖乖地走了进去，把行李箱悄悄放在了门口。秀贞正在忙着做饭，看到小悠已经进来了，她关掉了火，走到小悠面前看了一眼，然后转身上了楼，又站在楼梯的转角处，看着她，小悠会意，跟着她上去。

在一个小屋的墙上，挂满了俊浩的相片，从儿时一直到读书到去世前的所有相片都挂在墙上，满满当当，按着年龄顺序，每张相片上都是俊浩灿烂的笑脸。小悠慢慢走过去，一张张看着俊浩有些搞笑的模样，慢慢地笑起来，一直看到她和俊浩在上海的合影，那时他们是那么快乐，自由自在。俊浩说要给她一整个星空的，那些久远的誓言也都印在了记忆的相片上。

秀贞站在那里，不一会儿，里奥和安东也悄悄站在了门口。

小悠摸着墙上的相片，心里阵阵酸楚，她看到墙边的桌子上放着一个纸箱，贴着纸条，用韩语写着“俊浩”两个字，她看着箱子，轻轻摸着纸条上俊浩的名字。

秀贞突然走过来，一把将箱子抱走，然后严厉地对小悠说：“拿着你的照片走吧，不要动我弟弟的东西！”动作有些粗鲁，气息也不顺畅，整个人处在发抖的状态，她平复下情绪，把箱子搬到另外一边。

小悠回头看着她，略显得尴尬，沉默了片刻，她问：“姐姐，俊浩回来以后到底发生了什么事？”

秀贞情绪烦躁，冲着小悠：“他葬礼都不来，你现在还问这些事干吗？”

小悠的眼泪流下来，她问：“能不能带我看看俊浩的墓地？”

没待秀贞开口，里奥突然说：“我带你去吧！”

秀贞气得冲里奥发脾气："你的车修好了吗？这里和你有什么关系？"

里奥微笑着摇头，一脸无奈。

安东一手拉着爸爸，另一手对小悠指指窗外，窗外，那远处斜坡下青翠的橄榄树园就是俊浩的墓地。

秀贞冲着安东吼："连你这个小子也来气我吗？"

安东咧嘴憨笑，朝妈妈眨着眼睛。

小悠终于来到了俊浩的墓地，却和梦里的不太一样。梦里她看到俊浩长眠的地方就在海边，他失足跌落的悬崖下面，海水拍打着岩石和俊浩的墓碑，有一晚，她梦见俊浩的墓碑被海水冲倒了，她急得大哭，哭着哭着就醒了。

此时，她千真万确地站在了俊浩面前。俊浩的坟墓就在橄榄园中，一棵最粗壮的树下，周围开着紫色的小花，墓碑是个方形的石块，两侧围着小的立柱，碑上贴着俊浩的相片，刻着他的生卒时间。小悠放下鲜花，她看到碑上的相片，正是俊浩吃辣猪手时她拍下的搞笑照片。她想起过去的点滴，暗自悲伤着，橄榄园里的风轻轻拂着她额前的碎发，橄榄叶发出沙沙声响。她突然想起那天食堂的事，忍不住笑了笑。

秀贞站在边上，很气愤地冲她说："你是在笑吗？他可是你男朋友啊！我的弟弟，他为你付出了那么多！你竟然还笑得那么开心？"

小悠理解秀贞，她喃喃地说："这是我拍的照片，当时我们打赌看他能不能吃完一盆辣猪手……"

“当时他已经得到了‘米兰建筑’的实习职位，本来可以生活得更好，就是遇到了你！”秀贞生气地打断小悠的话。

小悠不作声，秀贞突然意识到自己一直这样咄咄逼人有点过分，只能长叹了一口气说：“公司派他到上海实习，这个臭小子竟然去学习汉语！他连我这个姐姐都不要了，忘了我是怎么辛苦地把他带大的！临终前求我放这张照片，就为了让你开心，他什么时候想过我这个姐姐？”

小悠静静沉默着，墓碑上俊浩的脸庞触手可及，美好宛如当初，此前不知在梦里想念了多少回，此刻，真真实实地就在她面前，她眼睛一眨不眨，看了进去。

秀贞的眼泪流下来，她冲着小悠咆哮：“你凭什么夺走我弟弟的心？凭什么？”

小悠的眼泪慢慢流下来，她多想扑上去，哪怕抱住的是一堆石头，她想好好地大哭一场，把所有心酸和委屈都告诉俊浩。

她回头对秀贞叫了一声：“姐姐。”

秀贞的心就软了，她说：“为什么又要我伤心呢？都过去那么久了，你还来这里干什么？”秀贞情绪有些激动，泪流不止，已经无法控制，她怕自己再次昏倒，转身快步离开。

小悠静静看着秀贞的背影，秀贞走了几步，突然停下，唏嘘着，试着平复自己的情绪，她也不想难过，可又忍不住。

秀贞擦干眼泪，回头看着小悠，问她：“哎！你会喝酒吗？”

西西里是座丰美的岛屿，物产富饶，景色秀丽，秀贞所住的小镇也是座丰美秀丽的镇，人们不与天争，过着慢悠悠的简单生活，不像上海每天都在抢赶着时间。小镇夜晚来临的时候，暖风吹得人醉，小镇的街道空旷，行人无几，古老的旧建筑、古堡、教堂像一座座伟岸的丰碑，刻满历史的印记，端庄地屹立着，百年不动。

小镇的酒吧里传出浪漫的音乐声来，有两位本地老先生戴着草帽、挺着肚腩、拍着手跳舞，一圈圈转着，几乎跌倒，旁边的酒客欢呼着，为他们叫好拍打着节奏。

小悠和秀贞坐在一张宽厚的旧船木桌子旁，桌上堆着盛满水果的银亮的盘子、盛葡萄酒的陶瓮、做纪念的小木偶人、陶瓷猫，还有一堆现代化的咖啡色啤酒瓶，两张趴在桌上的赤红的脸。

秀贞微醺的模样，有着几分成熟女性妩媚的丰姿，她说：“俊浩死前不让我埋怨你的，可我的坏脾气，怎么都克制不住。”

小悠对她说：“对不起。”

秀贞摇摇手说：“都说过不要再道歉了，一切都是他自己的决定！俊浩已经走了，你还能坐着听我发脾气，我还有什么好抱怨的呢？”说完，她又仰头吹了一瓶啤酒。

小悠也拿着酒瓶喝了一口说：“你永远都是姐姐。”

秀贞指了指自己，表情夸张地笑了，小悠也笑了。

秀贞放下酒杯，语重心长地说：“有新男朋友没有？女孩子不能单身太久。女人到了三十岁就只能去倒追男人了！”

小悠笑着说：“我才二十五岁。”

“那就更不该单着了。”秀贞环顾四周，继续说，“看看这里的男人，喜欢哪一个，姐姐去替你搞定！”

小悠回头看看周围形形色色的男孩，各种年龄、各种肤色，甚至各种国籍都有，所有人都对她微笑着，她看花了眼似的，也没有什么感觉特别的男孩。前方的舞台上，一个金发男歌手坐在高脚凳上，抱着吉他，对着麦克风说：“下面的这首歌，送给8号桌的两位东方美女。”酒吧里一时响起欢呼声和口哨声，众人的目光全都集中在秀贞和小悠二人身上。男歌手开始弹吉他，深情地望着她们两个。

秀贞故意撩拨着头发，借着酒意拉低了胸口的衣襟，让自己看起来更加性感动人。

秀贞说：“可惜我嫁人了，不然今晚我是不会放过他的！”

小悠笑起来。

秀贞突然起身拉住小悠的手，走向舞台，小悠还有些害羞，秀贞倒很大方，一直把小悠拉到舞台中央，跟着男歌手的音乐，一起跳着舞。很多酒客也欢呼着加入，欢呼声口哨声不绝于耳。这是一个如此美好的夜晚。

夜深了，玩得累了，小悠搀扶着醉醺醺的秀贞从酒吧里走出去，路边拦了一辆出租车。

到了家，小悠扶着秀贞踉跄下车，秀贞感慨地说：“俊浩离开以后，我已经好久没进过酒吧了，今天可真是放纵！”

深蓝色的夜幕又高又远，繁星点点，密集成河，小悠又看到了俊浩的星空，不一样的星空。

秀贞说：“今晚星空真美，我跟俊浩最喜欢躺在这里看星星。”她指着屋顶。

后来，小悠和秀贞二人就躺在了屋顶上，仰看星空，像当年秀贞和俊浩一样，她们沉默了一会儿，想着各自的心事，都是关于俊浩的点滴。星星眨着眼睛，一会儿亮一会儿暗，一会儿变大一会儿又变小，好像在夜空里不停游走，只是距离太远，感觉不到它们位置的变化。

小悠说："以前我总是失眠，每晚睡不着的时候，俊浩就会给我讲姐姐的故事。俊浩出事后，我一直不敢过来，可在梦里却来了很多回。"

过了一会儿，她转过脸看着秀贞："姐姐，俊浩和我分手后，到底发生了什么？你们为什么都瞒着我他生病的事情？老马都告诉我了……"

秀贞叹了一口气："为什么还放不下呢？俊浩已经死了这么久了，就忘了他吧！你还年轻，去开始新的生活。"

小悠继续说："姐姐不是也一样吗？如果姐姐这么快忘了，也不会对我发脾气了。"

秀贞苦笑着说："可真是倔强的人，这种死缠滥打的样子也跟他一样。"

"好，我讲给你听。"

秀贞从口袋里掏出手机，播放着俊浩唱的一首歌，声音有点沙沙的，是首悠扬的摇篮曲，她跟着哼唱着，流下眼泪。

小悠静静听着，仿佛俊浩来到了她们中间，伸展着双臂，将她和秀贞二人都搂在怀里，他们三人一边唱着歌，一边微笑地仰望星空。

……

天幕上，一颗格外显眼的极亮极亮的星星，一明一灭地闪烁着，秀贞慢慢回忆，把俊浩从小到大的故事都讲给小悠听，小悠的眼泪悄悄流淌着，从她仰躺的脸颊流到她的头发里、耳朵里，或者穿过她的鼻腔流进喉咙里，她没有擦，任由它泛滥着，流成一条思念的长河。

第三章 假如须臾不朽

抽丝般成长

少年的太阳倾洒金光的午后，西西里梦幻般的海滩边上，浪花夹裹着泡沫温柔地匍匐在俊浩脚前，刷过趾间的缝隙，一只小小的寄居蟹拖着别人的尸骸仓皇逃窜，很快又被带回海里，岩石上留下浪花的细碎金银。

少年时的他，孤独的沉默孩童，梳着童花头，一个人蹲在西西里蔚蓝浩瀚的大海边，小心翼翼地堆着一个沙堡，那是他心仪已久的房所，他在韩国的家就是这样子，可是现在它只能留在他的梦里。他常在梦里站在那个有红色尖顶的房子前，透着玻璃，看到爸爸妈妈忙碌的身影，可是这一切再也不会出现了，爸爸病逝的第三年，妈妈也离开了他和姐姐秀贞。

西西里的海岸线漫长无尽，海天相连处一条细长的海线将天地分隔，细小的海岛星罗棋布地散落在海洋之中，如一枚枚闪光的绿色石子，俊浩多想有一日能够登上海岛，去探寻未知的神秘。

随秀贞来西西里之后，他爱上了这里，那是爸妈离开之后的事。秀贞跟着丈夫里奥回到意大利，她是他唯一的亲人，于是将他带来这陌生的国度。俊浩是一个沉默的孩子，喜欢独处，当他看到意大利南部这自然原始的旷世奇景时，抑制不住心中的激动，很快便适应了这里的生活。

他时常一个人无忧无虑地在海边奔跑，带着他的小狗，追逐着浪花的脚步，抓螃蟹、堆沙堡，他总是将他们曾经的家完整地还原出来，那是他梦中的天堂，温柔的港湾，那里有他们一家四口的欢声笑语，有爸爸妈妈的微笑和姐姐倔强翘起的、时常被他拉扯的小辫子。

“俊浩！俊浩！”姐姐在远处喊他，“回家吃饭啦！”

俊浩喜欢韩国食物，里奥不喜欢，但厨房是秀贞说了算，里奥只好迁就他们，意大利人无奈地笑时，鼻子红红的，就像他们家房子的尖顶，实在可笑极了。

少年的俊浩装作没听见，他的幸福的房子还差一个里奥的鼻子就可以竣工，可惜无法将它涂抹成红色。

秀贞一路小跑过来，她扎起的头发飘扬在风里，薄薄的衣衫敞开着，露出里面雪白的吊带衫，她是一个非常漂亮的女人，弯弯的眉眼，笑起来上扬的嘴角，都像他们的妈妈一样漂亮。

“俊浩！”

秀贞走到他面前，拉起他脏兮兮的小手。

“姐姐，我们的家还没有盖好。”他抬起脸看她。

“下次再盖，回家吃饭了，听话。”她拉着他便走，他跟不上她的脚步，沙子软，踉踉跄跄地，他舍不得他们的家，也舍不得家里的爸爸妈妈，小狗蹦蹦跳跳地跟在他们后面。

这时，一片浪花涌上来，寄居蟹坐着顺风车结结实实地坐在他们的房子上，房子瞬间倒塌了，不见了，变回一堆细碎的沙子。

“姐姐，你看。”他执拗地摇秀贞的手臂，她不理他，仿佛没听到。

秀贞是俊浩唯一的亲人，她很爱他，妈妈离开后，秀贞代替了妈妈的角色在他的生活里。来到意大利之后，她全心全意照顾着俊浩，当然还有她的丈夫里奥，那个典型的意大利人，带着意大利人特有的幽默，视俊浩为亲弟弟，相比起姐姐，里奥更宠他一些，反而姐姐倒变得严厉起来了。

俊浩是一个调皮的孩子，满脑子奇思妙想，他相信他将来一定会成为一名出色的艺术家，他要盖一幢超级伟大的房子，就像他们在韩国的家一样，里面塞满欢声笑语和亲人的脸庞，他会将他们的照片挂满墙，让他深爱的人全部留在身边，不可以再离开，永远永远在一起。

他要做一名出色的设计师，或者建筑师，或者画家，要画一幅世间最美的图画，供人欣赏。

十八岁那年，他在小镇教堂的墙上画了一幅抽象画，用他的——尿液。

他确定没人发现，中午时分的西西里的艳阳下，热血沸腾的南部小镇，街上空无一人，碎石子铺就的路面被太阳晒得起了皱，几百年，一千年，太阳就这样牢牢地高挂在穹顶之上，照耀着整个西西里。

小镇上古老的教堂的钟声刚刚响过，他刚好路过这里，宁静美好的画面突然让他有了创作欲望，他决定要记录下这奇妙的一刻，于是趁四下无人，迅速解开皮带，冲着教堂一侧的外墙，用尿液画了一幅抽象画，向他的信仰致敬。

他非常满意这幅作品，如果得以保存，至少可以拍得几百万美元，可是——教堂的一扇窗敞开着，站在窗口的神父却并不这么认为。

当天晚上，他从学校回到家来，准备吃晚饭，秀贞和里奥坐在桌前，里奥低着头却用眼睛瞥他，秀贞一言不发，怒着一张脸。

他狐疑地坐了下来。

“哎呀，我怎么会有你这种弟弟？竟然敢在街上撒尿！……你到底有没有廉耻心？现在警察局每个人都知道你的尺寸！”

秀贞气得咆哮起来，怕动了胎气，里奥不停地抚摸着妻子的肚子，她的肚子里怀着俊浩的外甥，大得像只皮球。

俊浩不敢抬头，也不敢气她，低头大口地吃着意大利面，噎得咳嗽起来。

秀贞见弟弟不争辩，也不反驳，似有悔改之意，也就没再骂人，不过狠狠地瞪了他一个晚上。俊浩知道自己做错了事，唯唯诺诺地装出可怜相。

镇上的人都知道俊浩的调皮，追着人家的狗或者偷偷摘人家的花，秀贞不停地向邻居道歉，一回头，俊浩已经不知跑去哪里躲着了，他常去的地方是橄榄园或者海边，秀贞总能逮到他。

俊浩终于读了大学，如愿成为一名画院里的学生。他喜欢画画，画各种脑海中出现的景物，海洋、鱼、星空，西西里的仙人掌、葡萄架、橄榄园、教堂、墓穴、火山、神庙，画所有遇见和未曾遇见而有所感知的一切，将他的情感融入到画当中，他已深深爱上这片异国的土地。

虽然如此，韩国的那幢有红色尖顶的房子始终萦绕在俊浩的梦里，挥之不去。他常常是夜里哭醒，梦见爸爸妈妈拉着他的手从家里走出去，在济州岛的海边漫步，突然间风浪大作，爸爸妈妈被海水卷走，他则被他们用力抛到岸边得以生还，他回头，他们已被海水吞噬，他拼命地呼喊着，可是海面仅剩澎湃的巨浪和惊惧的海鸥，已无爸爸妈妈的踪影。俊浩常常哭醒过来。

分别对于俊浩来说是致命伤，他害怕分别，再见意味着再也见不到面，意味着生离死别。他希望可以留住时间和空间，于是，废寝忘食地画着，他要成为建筑师，设计出一幢世界上最美的房子，一家人可以团聚在里面。

有一次，他在画画，学校的阶梯画室里，讲台前坐着一个裸体模特，不，是两个模特。俊浩则坐在右边的角落里专心致志地绘画，那对裸体模特正是他的姐夫里奥和一岁的儿子安东。

俊浩的同学们从四面八方将里奥父子二人团团围拢，从各种角度进行着创作。当然，这一切归功于俊浩的游说，他使用了各种方法逼里奥就范，里奥耐不住死磨硬泡，最后终于妥协，但他正色地告诉俊浩不能跟秀贞说，否则会有大麻烦，俊浩说：“你放心吧。”

可是第二天便东窗事发了。秀贞去镇上买菜，一个多事的女人拦住她，详细地描述了昨天发生的事情，她说看过了里奥的裸体，觉得这男人很完美，她很羡慕秀贞，说秀贞一定幸福得很，她的话里透着暧昧又夹着情欲，说完不怀好意地笑了。秀贞很尴尬地走开，一路上都在想着这事情。回到家见他们都在，一时气不过，回屋抄起一根鸡毛掸子便冲了出来……

俊浩和里奥心里清楚是怎么回事，从昨天到现在一直在观察秀贞的情绪变化，心里忐忑着。见秀贞刚从外面回来便怒气冲冲，已经明白了，两人赶快躲到院子去，里奥假装修车，俊浩则哄着摇篮车里的安东，院门敞开着，随时准备跑路，秀贞拿着鸡毛掸子，叉着腰站在树下。

“竟然去画裸体，当着那么多人的面，你们三个到底有没有廉耻心？现在全镇人都知道我丈夫和儿子的尺寸了！”

俊浩和里奥都低着头，不敢说话，假装事不关己。

“说！到底是谁的主意？”秀贞扬起她的鸡毛掸子。

俊浩和里奥不约而同都指向了摇篮车里的安东，安东咬着奶嘴，咯咯地笑了。

“朴俊浩！”秀贞追着弟弟从院子里跑出来。俊浩撒腿就跑，秀贞在后面追，俊浩跑得远了，秀贞追不上，累得弯着腰扶住一棵树大口喘着粗气，俊浩则冲姐姐做着鬼脸，秀贞一直骂个不停。

二十二岁之前，俊浩从未想过有一天会离开西西里，他甚至觉得将来也会长眠在西西里，他一定选择安静地躺在姐姐的橄榄园中，直到因为工作去了上海，又在那里遇到了小悠。

俊浩执意要去上海实习，秀贞自然是反对的，但他说自己还年轻，需要多走走多看看，不想永远待在这个一眼望见尽头的小镇上，他还答应一定会回来，秀贞耐不住弟弟各种软磨硬泡，勉强同意了，叮嘱说必须经常打电话回来，尤其是遇到困难时不许一个人硬撑着，不开心就早点回西西里。俊浩搂着秀贞撒娇，开心得像九岁时的他带着小狗在沙滩上奔跑的模样，安东已经可以走路了，跟舅舅一起蹦跳着。

百合擦身过

上海是座国际化的大都市，新城旧城错落有致，它的日新月异、欣欣向荣世人有目共睹。

它的崭新自不必说，高楼林立，广厦云集，争抢着做上海的新高度和新地标，而俊浩则更喜欢它古朴的一面，旧得仿佛一百年来未曾改变。

他不知有一日，他的爱情会在这座神奇的城市中发芽，不知他会跟这座城市有牵扯不清的缘分。

深邃的弄堂里搭着竹竿，挂着早晨洗好的衣服，阿婆的棉床单、阿公的藏蓝色布褂子，窗台搭着花架，姹紫嫣红开遍，爬着半壁斜阳，自行车的铃声从弄堂深处传来，孩童追逐奔跑着，磨剪子菜刀的挑夫从弄堂口经过，吼着只有家庭主妇们听得懂的暗号，便有各家的女人穿着围裙拿着钝了的利器和几毛零钱，“噔噔噔”跑下木制楼梯，来跟他讨价还价，最后省了几毛钱，可够买一把小香葱。上海的主妇们精于算计，为家里操持着，是最得利的保险柜门钥匙。

俊浩常常坐在弄堂口的牌坊下面写生，用一支铅笔勾勒出市井百态，旧城的巷弄、街道、树木，不管你是巨富还是名流，抑或是政治家、明星，都是从小巷里出发才走到大千世界里去的，所以这里更接地气。

他在上海一家设计公司做设计师，运用所学，将美好的生活带给他的客户，虽然他的老板小气得令人发指。闲暇时间他在语言学院学习中文，中文是世界上最难懂的语种之一，复杂程度堪比研究微观量子场虫洞与宏观宇宙虫洞的共通性，是个死穴课题，而他现在就在啃这死穴。

来上海没多久，他便已经适应了这种生活，只是气温比西西里低一点，潮湿度更甚一些，其他也没什么，每天行走在黄皮肤黑眼睛的东方人中间，起初不习惯，后来渐渐找到一点归属感。他也是东方人，他的家乡距这里只有一个半小时的飞行航程，比坐地铁一号线全程还要方便。

语言学院在徐家汇繁华热闹的区域，临近淮海路，因此他常常和其他留学生去淮海路散步，长东路、襄阳路到处乱逛。他喜欢走在梧桐树下，看树上接出的毛绒球样的果实，喜欢看老房子的阁楼天窗养着一窝灰白色的鸽子，扑棱扑棱地飞行，围着弄堂绕着圈，喜欢那些穿着旗袍的中国女人目无下尘地婀娜地从他身边走过，洒落一路桂花香气，因此《花样年华》他看了好几遍。

这是一个充满魅力的城市，也是一个不容小觑的城市。

此时，他画了一上午的画，又走了太多路，肚子在抗议地打鼓，他钻进学院附近的一家快餐店里，点了一碗苏州汤面，浓浓的一大碗面上漂着几片牛肉和香菜，味道鲜美。

“那个女人哪一点比得上妈妈？我发誓，只要她在，这一辈子我都不会进那个家门一步！”

一个女孩子坐在俊浩对面，而她的对面坐着一个中年男子，应该是她的爸爸，父女俩的对话吸引了他。

女孩子年纪不大，似曾相识，白得几近透明的脸上，一双水汪汪的杏核眼，鼻子微微倔强地翘起，小的厚实得如樱桃样的红唇，楚楚可人的模样。他一定见过她，在某个街角或是公园，再或是学院的图书馆，她一定曾从他的身边掠过，带着周身的百合花香。

只是那深情的一眼相望，让他顿时被电流击穿身体一样无法自拔，他深深地陷入了她的花香。

女孩的爸爸说：“你什么时候才能懂事啊？做不到的事，不要轻易发狠，最后伤的是自己。”

女孩黯然神伤地说：“你说过你会陪我一辈子的，自己都忘了。”然后，她伸出一只可爱的小手指，撅着嘴等待爸爸的回应。

“小悠，你已经不是小孩子了！”她爸爸无奈地说着。

那个叫小悠的女孩子僵硬地点点头，没有任何表情，显得那么落寞和可怜。

“那你走吧，跟她好好过。”小悠淡淡地说。

爸爸慢慢站起了身，转身离开了，小悠咬着嘴唇，泪水夺眶而出。

俊浩就这样静静地看着小悠，让人心疼的女孩，不知为何，觉得他们好像，连伤心时的表情都是一样的，而她悲悲戚戚的脸很长时间都占据着他的整个脑子，久久不散，不知为何，他竟突然有种想要守护她一辈子的冲动，这么美丽可爱的女孩，不该如此悲伤，该有个人为她承担所有的不幸和委屈，他愿做那个人，永远守着她，不让她再掉一滴眼泪。

他觉得自己的想法有点可笑，素昧平生的两个人竟可以想到天长地久去，也是托了他艺术家的头脑，糅合了八点档泡沫剧的套路。后来，她走了，在他不经意或者尚未觉察的一瞬间，风一样地消失了，他四处去寻找，却只是一场空，连同他的喜悦和伤感，因她而起的这些小心绪，全部化成了空气中的落尘，微小得很快便幻化而去。

不知还能否遇见她，百合花一样的女孩，小悠。

语言学院是一个惬意的去处，校园内的花竞相绽放，抢着最热闹的天气和最宜人的温度，林荫道上的红色长椅上，常常坐满人，有的温书，有的聊天，陷入各自的忙碌当中。俊浩穿了一件双排扣的米黄色风衣从他们当中穿过，突然发觉青春真美好，自由、任性、放纵，全部无所顾忌，天地是他们的，世界也是他们的，一种充盈满溢的自豪感涌入他的大脑，突然觉得眼前的一切都美好得如同初盛的百合，淡淡的，悠然的清香。

百合花?

俊浩拿着公共电话的听筒跟姐姐秀贞打电话，可怜楚楚地向她撒娇，说上海的天气如何糟糕，物价如何高得离谱，后悔当初不听姐姐的话，怎么办才好，半年的生活费一周就花光了，现在每天只能吃一顿饭，住在又脏又小的房子里度日如年。说到动情处，他轻微地抽泣，抹着鳄鱼的眼泪。秀贞在电话里心疼地说，那就快回来。

他赶快收起夸张的情绪，回家并不是他要的，秀贞说要不然再寄点钱过来，这正中了他的下怀，但又不能表现得太过明显，只得推辞地说:“那怎么可以呢，已经这么大了，怎么能再要姐姐的钱，虽然姐姐最爱我，唉，早知道就不和姐姐说这些了。唉，那就少寄点吧，随便三五万就行了，嗯，千万别再为我担心了!”

挂掉电话，俊浩禁不住内心地喜悦，忍不住握着拳头喊了一句韩语出来:“成功了!”

那朵会哭的百合花轻轻移了过来，他突然间看到了那个叫小悠的女孩，她正和几个女同学从他的身边走过，踩着碎石子铺就的甬路，他夸张的动作惊动了她们，她们像听到炮竹声的小猫一样惊讶地看着他，他不好意思起来，抓抓头皮，冲着她们傻笑。

百合花也笑了，原来她不只会哭，还会笑，笑起来的脸灿烂得如同西西里的艳阳天。

她的女同学们聚在一起窃窃私语，分明是指向俊浩来的，但她却没有参与，快步离开了。

晚上，他坐在热闹非凡的学院食堂里，正准备吃他的晚饭，想着等会儿去哪里玩的时候，一个戴着眼镜的胖女孩把两只辣猪手送到他的面前来，还有她的餐盘也推过来，俊浩并不认识她，她一脸娇羞又胆大妄为地坐在他面前。

“喂！这是干什么？”俊浩用蹩脚的中文问她。

她竟然说：“我可以做你女朋友吗？我知道你也观察我很久了。”

俊浩惊愕得半天说不出一句话来，含在嘴里的勺子“噗通”掉到地上，这女人是哪里变出来的神奇产物，脑子是棉花塞的吗？真是撞见鬼了，吃饭的胃口也没有了，于是他毫不留情地告诉她：“不好意思，这位女同学，你比辣猪手更让我没胃口！”

然后，俊浩看到她本来开阔的肥胖的五官渐渐扭曲到一块儿，突然“哇”的一声哭出来，惊天动地，声音划破了食堂的屋顶，冲到云霄去了，时间就此凝固住足足一个煮鸡蛋的时辰，她猛地冲了出去，消失在茫茫的夜色当中。

俊浩愣了愣神，无论如何想不起这女生是谁，他无暇多想，吃饭更要紧。

第二天是个晴朗的日子，心情也十分畅快，俊浩去校内理发室，坐在镜子前看到自己帅帅的脸，终于理解了昨晚那个冒失的姑娘，恨只恨他这张充满魔力的俊美的脸庞，虽然他不是一个靠脸吃饭的人，但总是躲不过这人世间一波又一波的桃花劫，唉……他不由地长叹了一口气。

他想起那朵叫小悠的百合花，洁白透明的脸上，搭着几缕碎发，总有一天要让她做他的女朋友。

理发师问他要什么样的发型，他说要一个低调的，可以把他的帅隐藏起来最好，理发师一脸木然。

这时，一个同样来自韩国的小胖子冲进来，用他们的母语喊着：“俊浩，赶快躲一下吧！”他像一坨从疾行的车上掉下来的猪肉，一下子砸到俊浩的身上来。

“喂喂喂！怎么啦？”俊浩问他，小胖子还没来得及回答，门外便浩浩荡荡涌进来一群人，顾小悠带着一大群女孩拎着拖把、水瓶、脸盆，趾高气扬杀气腾腾地走了进来。理发师向后躲闪，让出一条道来。

俊浩叫着理发师，指给他看：“这几根，如果再剪短一点就完美了。”一副气定神闲，全然当没事发生的样子，理发师站在一边没动，俊浩扭头看看小悠，原来是会哭的百合花，便冲她笑笑。

那个昨晚戴眼镜的女孩躲在她们后面，一副委屈的样子。俊浩明白了，原来是找他寻仇的，他问心无愧，又没非礼那女孩，只不过想让她从梦中醒过来，说起来还是帮助了她。

他不想和她们纠缠下去，说到底总是男生吃亏，胜也胜之不武，于是从椅子上站起来，准备离开，刚走两步，小悠突然拦住了他。

她高昂着头咬牙切齿的样子，像只好斗的小公鸡，让人想笑又不能。

他用韩语问她：“你都是这么和别人打招呼的吗？”

她冲着他说：“早就看你不顺眼了，每天自以为是地嘲弄别人，觉得女孩子都很好欺负是吧？向我朋友道歉，不然你哪也去不了！”

看看小悠认真的样子，俊浩真是差点笑场，太可爱了，他露出害怕但又得意的表情，对她说："跟她道歉？OK，做我女朋友？"

小悠本就瞧他不顺眼，一脸痞气加邪气，满口没有正经，反正不是一个善类，还这般轻狂自大！小悠满心怒火狠狠地剜了俊浩一眼，恨不能用一颗钉子钉在他头上。

"你有病！"她用韩语骂他过去，牙齿咬成碎玉。

他更加狂妄起来，恬不知耻地跟在她后面，像个不知羞的调皮的孩子。她突然扬起一只脚，狠狠地踩下去，再踝上几踝，直到见他疼得龇牙咧嘴，才满心欢喜地笑了。

她对他完全没有好印象。

要怪只怪小悠太特别，太与众不同，这可恶的小魔女哪里是百合花，分明就是带刺的玫瑰，还是黑色的，得不到顾小悠的垂青，朴俊浩吃不香睡不着，梦里都是她的影子。

在面馆里见到她，她的委屈，她的眼泪，时时让他心疼，他知道她的愤怒里面带着原始的对一切的不认同，在她漫长的成长时间里，缺少了太多的爱，那原本是每个人都该拥有的，她却没有，当然他也没有，所以他能够理解和体谅她。

爱上一个人的时候，会突然觉得自己的世界狭窄得不能转身，忍不住靠近对方又自惭形秽，非要碰一鼻子灰才会明白一切不过是自我编织的迷幻的梦，才会清醒，原来自己的世界宽敞得可以就地翻几个跟头。

但此时，前所未有的挫败感让俊浩时时忿恨，他决心一定要把小悠追到手，他联合了一个韩国小胖子导演了一场别开生面的“快闪”，就在他们热闹的食堂里。

当他在万众簇拥之下出场时，小悠连头也没抬，他带领大家跳着“大熊舞”，左扭扭，右扭扭，小悠就只顾着把一块西兰花塞进嘴里，俊浩不停地在挑逗她的神经，希望得到她的垂青，她只当傻子在那儿自顾自地娱乐，完全无视。

旁边人吹着口哨起哄，搞得她也坐不住了，她突然站起身走到食堂打菜的窗口，端出了半盆辣猪手，摔在了他面前，挑衅地看着他：“你有种就把这盆辣猪手吃完，如果做不到就从我面前消失！以后不要再缠着我！”她端着双臂，十分不屑地怒着一张脸。

接下来的一幕，他们都毕生难忘，他狼吞虎咽地吃了半盆猪手，她兴高采烈地拍下一张神奇的相片，是他眉头紧皱地大口吃肉的画面。

这张相片后来被俊浩执意用在了他的墓碑上。

她抓起书包逃了，箭步如飞地想躲开他，他却追上前去，立在门外的走廊上，拉住她不放，满脸还沾着油花。

他说：“让我来照顾你！”

她这才回过头，露出了久违的灿烂的笑容，眼睛眯成了一道细密的缝，洁白如玉的光滑的脸上跌落了一颗晶莹的露珠，他将她紧紧拥入怀中。

她再坚强再倔强，也敌不过一副结实的可以遮风挡雨的臂膀。

从那天起，他们恋爱了。他陪她上课，陪她吃饭，每天在她周围，逗她、哄她，买小礼物送她，她生气了便惩罚他，他乖乖地跪在键盘上，双手揪着自己的耳朵。

他还骑着那辆06年复古款的摩托车载着她满上海兜风，她坐在后面拍照，幸福的笑容洋溢在她的脸上。夜里，他们穿过外白渡桥，她说可惜上海没有星光，他发着重誓："如果有可能，我会给你整片星空！"

在他的介绍下，小悠顺利地进入大马室内设计公司，并且从前台做到设计助理，老马本来没想雇佣她，他私下里主动要求降薪，又苦苦哀求，总算深深地感动了老马，尤其是降薪，于是买了他的面子。小悠和俊浩成为同事，每天更是出双入对，两个人的生活幸福得像花一样甜美。

有一天，他用箱子带回一只斗牛犬，作为向小悠求婚的信物，斗牛犬脖子上挂着求婚戒指，惹得她穿着大围裙傻傻地站在客厅里笑出了眼泪。

他的姐姐不喜欢小悠，觉得完全是因为小悠的关系，他才决定留在上海，是她抢走了弟弟，所以对她没有好感，他试着让小悠同姐姐讲几句话，电话刚刚拿在手里，一个"姐"字还没有叫出口，小悠已被电话那端骂得头昏脑涨，全是斥责和训骂的话。她可是怕死了这位凶悍的姐姐。

俊浩终于拎着两只大箱子正式搬入了小悠的家。

一楼有间小小院落，种着花花草草，两棵树分踞院子两角，一棵广玉兰、一棵银杏，爬山虎爬满了明黄色的外墙，大朵大朵的蔷薇花羞涩地开出墙外。

小悠慢慢收拾房间，她将俊浩的衣物挂在她的衣橱里，一人一半，不偏不向，他们一起将拍摄过的相片，装进框里，一张张挂在墙上。

收拾好房间，太阳已经落山，只剩西天的一点点余霞。肚子空空的，他们跑到楼下去吃了一碗面，坐在各自的对面，俊浩突然发觉小悠更加可爱，连面都是一根根吃，样子很顽皮，他忍不住想要靠过去吻在她脸上。

回来的时候，两个人手拉着手，先去买点水果，水果店香味四溢，人多，一会儿就看不到俊浩了，小悠到处寻找，最后发现他躲在一堆哈密瓜当中，冒充其中一员，她拍他的头，他眨眨眼睛装无辜，水果店里的员工匪夷所思地看着他们。

途归西西里

可是，当天晚上发生了一件足够毁灭俊浩整个人生的事。

小悠在厨房洗着水果，俊浩在卫生间洗脸，打好洗面奶涂了满脸，不停地揉搓着，然后打开水龙头往脸上拍着清水，突然他觉得鼻子痒痒的，抬头看镜子，原来鼻子出了血，他没注意，此刻整张脸已经变得血肉模糊，看起来特别吓人，他赶快继续用水冲，用凉水拍，用纸巾塞，可是无论怎么都止不住鼻血，血像扭开的水龙头，堵住这边，那边又流，两边都塞住，血又从嘴里出来，他闭起嘴巴，血汩汩地顺着喉咙流进食道里，他有些慌了。

此时的卫生间里，已是满地鲜血，他突然想起当年爸爸也是这样。这时候，小悠在外面拍门："俊浩，怎么这么慢？"

他说“快好了快好了”，声音像蒙在被子里，胡乱地将纸巾卷成手指大小，塞进满满一鼻子。

也不知多久时间，直到鼻子不流血了，他才将两个血淋淋的纸卷从鼻子里掏出来，还拉出了血块，像拉出了两条肠子，他感觉一瞬间被掏空了。他又用清水洗了一下脸，还有手臂上的血渍，衣服上也溅了血，他脱下来胡乱地塞进洗衣服的篮子里，怕小悠发现，直接塞到底下去，这才慢悠悠地走出卫生间，人已快虚脱。

小悠已经不再敲门了，他发现客厅里电视机开着，而她已经抱着布偶熊蜷在沙发里睡着了，样子也和布偶熊一样可爱，俊浩走过去蹲在她边上，用手摸着她的头，心里很不舍。

俊浩坐在了沙发上，守着她，好想时间静止，就这样一辈子，但他不知还能守多久。

之后的几天里，他总是心事重重，小悠逗他，他也高兴不起来，小悠问他怎么了，他扯谎说姐姐在电话里让他回去，所以才有点郁闷，小悠突然抱住了他，把整张脸贴在他胸口，喃喃地说：“不要离开我，好吗？”

俊浩说不出话，不停地摸着她的头发，她真像一只惊弓之鸟，他心里隐隐揣着不安。

有一天，趁着拜访客户的空闲时间，他背着她偷偷去了医院，自来上海就没进过医院，里面人山人海的景象把他吓了一跳，中国这么多人在生病，那没生病的又有多少呢。

他按着指示排队挂号、排队就诊、排队付钱，在上海干什么都要排队，一整个下午还没有结束，小悠一直电话问他在哪里，他说和客户吃饭，小悠问哪个客户，他又说不出来。她是他的助理，所有的客户她都知道，他说信号不好回家再说吧，小悠正在问你那边为什么这么吵，电话就挂断了。

他站在一群人的后面，没有座位，紧盯着电子屏幕，看到他的名字在闪，他走了进去，排了一个多小时的队，医生只说一句话："去做CT扫描。"开了张单子，他的就诊就算结束，然后他再付款去拍片，搞好之后，天都快黑了。

他拿着单子去医生那里，等着结果，惴惴不安。他极怕听到那个消息，关于他爸爸的死因，脑癌，家族的遗传病，他九岁时爸爸就是因为脑癌离开了他们。

检验单被医生端正地拿在手里，举着看，俊浩不停地舔着嘴唇吞咽着口水，等待他的宣判。

"你的情况越来越严重了，要早点住院，不能再拖了。"医生的话铿锵有力。

他仿佛听到了几颗生锈的螺丝钉被一只大铁锤用力地"咚咚咚"地钉在了棺材盖上，而里面已经躺着安安静静的他，没有一丝表情，他看到小悠就趴在棺材的边沿，哭得几乎昏厥，同事们拖着她，而她拼命扒着棺材边沿不肯走，指甲抠出鲜血来。

"我还能活多久？"他问医生，他想知道最终结果。

"现在癌细胞扩散得很快，不能只用药物维持，如果能坚持化疗……”他果然得了脑癌，和爸爸一样，他的世界突然天黑了。

“还有多长时间？”他变得平静异常，虽然早有所料，心里还是打着鼓。

医生看着他，平静地说：“半年！”

半年！半年！半年！他才活到二十八岁，而余下的人生却仅剩半年，也就是说他只能爱小悠半年了，多半年都不允许，他突然觉得时间紧迫起来，来不及犹豫，时间从他犹豫的眼前飞快掠过，他的癌细胞又多了一两个，他脚下绵软地走出去，身子像羽毛一样轻飘飘，甚至能够飞起来。

俊浩拿着那张生死簿上扯下的名单，站在医院的走廊里，突然觉得冷，浑身冒着冷汗，他想：可能是饿了吧。但分明记得刚刚吃过中饭不久，夕阳也还依然高高地照耀着大地，洒下万点金光，同每一个普通的日子没有一丝差别，可他还是冷得彻骨冰心。

小悠该怎么办？他最放不下的就是她，当然还有姐姐，但姐姐有里奥有安东，小悠除了一个新婚的爸爸之外，没有可依靠的亲人，爸爸有新的妻子和孩子，无暇顾她，俊浩走了之后，她要如何度过余下人生的漫漫长夜。他的心已经痛得跌碎成粉。

俊浩慢慢走到癌病区病房，那个通往天国的临时驿站，站在门口，看见里面几个接受化疗后虚弱无力的病人坐在轮椅上，靠着窗晒着暖暖的阳光，不知道他们的生命还会持续多久，也只剩半年还是更少？他们在与命运抗衡着，用尽自己仅有的卑微的力量，但却显得那么苍白无力，那么徒劳无功。

他出神地望着他们，发了很长一阵子呆，然后将手里医生刚开的住院单揉成一团。

“哥们儿我明天要回意大利！我要去学歌剧，完成小时候的梦想！”俊浩醉眼迷离地向大家宣布，他还如变戏法一样从怀里变出一张机票，小悠就坐在边上，冷眼看着他，恨不得将他生吞活剥了。

“你知道我和你姐姐关系不好，打个电话都能把我骂死。”回家后，她给他洗澡时说。

“是，所以只买了一张机票。”他说。

她气得将一整盆水倒在他头上，并且将只围着浴巾的他连同他的狗一起赶出家门。去死吧，她在心里咒骂着。

门外半晌没有动静，像他已经走了，她听了半天，又觉得外面太冷，想同他和解，刚打开门却见他好像在和一个楼上的阿姨说着话，一气之下又关上门，躺回床上生闷气，当然也竖起耳朵听着外面的声音，却只听到呼呼的风声。

又过一会儿，她实在不太忍心将他冻死在门外，她对自己说：“出了事还要负责帮他收尸，划不来。”便下床轻轻将门开了一道缝。

他进来的时候，她又躺回床上去了，倔强地背对着他，他看着她的背影发了一会儿呆，吐出一句惊天动地的话来。

“小悠，我们分手吧！”他掷地有声地说。

她躺着，面向里，瞪大着眼睛，像突然遭遇重创时定格的画面，许久都没有变化，她听到自己心碎的声音，那么没来由的裂痕，仿佛突如其来的一把利刃，横竖几刀便将她的心割开，血淋淋地丢在了冰冷的水里，她的眼泪汩汩地流出来，流进了侧面的耳朵里去。

一切都已结束了。

我对你最大的疼爱却是伤害。他在心里默默地说。

他们就这样分手了，没有告别，没有挽留，也没有撕心裂肺的哭喊，俊浩一直不知道这样的决定到底是对还是错，直到登机前还在犹豫，希望小悠出现，然后叫住他。

俊浩站在浦东国际机场的安检通道，接受着检查，他将随身行李放在传送带上，然后偷偷向后面扫了一眼，或许可以发现身后有个熟悉的身影，可是没有人，他眼中掠过无尽的失落，咬着下嘴唇倔强地离开。

扩音器里播放着航班信息：“由上海飞往意大利的航班正在检票登机，请乘客们排队接受检查。”

悲壮的憧憬

意大利的阳光永远是那么充沛，似乎除了雨天之外都是艳阳高照的日子，空气中流动着温热的海洋气息，咸腥中带着丝丝缕缕的甘甜，正是橄榄丰收的季节。

秀贞和里奥站在橄榄园中，架着高高的木梯子摘着橄榄，动作熟练。里奥站在木制的高梯子上，正将满满一筐橄榄递给秀贞，秀贞用力接过来，越过头顶，端正地摆放在地上，地上已经有了几筐，秀贞用袖管擦了一下汗，天气真是热。

俊浩背着行李站在秀贞的院子中央，冲着他们挥手："姐姐！姐姐！"喊着秀贞。

阳光太厉害，秀贞刚刚眯起双眼，她将手遮拦在眼睛前方望着院子里，有人朝她不停地像傻子一样挥着手，叫着“姐姐”，她突然愣住，不敢相信那会是俊浩在喊她，她停下手里的工作，俊浩放下行李，朝橄榄园走来。

秀贞看清楚是他，从前那个顽劣的孩子，她高兴极了，兴奋地大声喊着：“好弟弟，你可回来了，快来让姐姐抱抱！”

俊浩走得近了，也同样兴奋地伸开双臂，正要准备拥抱秀贞，秀贞却突然沉下了脸，一把拧住俊浩的耳朵，腾出另外一只手拼命拍打着俊浩的脑袋，气愤地骂着：“你这个家伙，跑了三年竟然还有脸回来？你忘了我是怎么辛苦地把你养大，你的良心被狗吃了。”她一边骂一边跳，草帽几乎掉到地上，里奥远远站在梯子上哈哈大笑。

俊浩疼得龇牙咧嘴，“哎哟哟”地叫着，秀贞不停，俊浩求饶地说：“姐姐，啊！好疼啊，快放手啊！”

秀贞揪着他的耳朵，往他身后瞧，又四下看看：“女朋友没有带来吗？一次都没有见过，就被我吓跑了吗？”她似乎有些失落。

“哎呀，你能不能松开再说话？”俊浩挣扎着，秀贞一松手，俊浩就跑开了。

“你竟然还敢逃跑？看我不把你的腿打断。”秀贞奔跑着追赶俊浩，两个人跨过脚下的障碍物，相同的节奏，像两只蹩脚的鸭子一样滑稽，俊浩边跑边回头冲着秀贞做鬼脸，突然脚下不稳，被段田埂绊倒，一个倒栽葱摔下去，秀贞吓得叫了一声，里奥也从梯子上下来。

俊浩爬起来，冲着秀贞微笑，但他挣扎着几乎无法站起，鼻血汩汩地流淌，像山谷中的溪水，奔流不停。秀贞忧心忡忡地看着他。

“没事的，没事的。”俊浩故作轻松地擦着血，可血却越发止不住，他索性站起来往秀贞家里跑，秀贞和里奥在后面跑。

卫生间里，他用冷水拍打着额头，用纸塞住鼻孔，足足折腾了半个多小时，血才一点点凝固在他的鼻口，他觉得自己从前一张英俊的脸，已经折腾得变了形。

半年！死神的宣判已下达，没有讨价还价的余地，他再叹气装可怜也没用。

秀贞已经哭了，一直手忙脚乱地给俊浩递毛巾，俊浩傻傻地冲她笑，故作若无其事，怕她担心。

秀贞很快就带着俊浩去了医院做检查，她心里也充满了担忧，俊浩装出全然不知的样子，乖乖配合着，像个小孩，医生和秀贞在门外说话，俊浩在里面等着，秀贞紧张地拿着化验单，听着医生说的话，脸上写满了悲伤，拿单子的手发着抖，她强忍着不被俊浩觉察出异样。

俊浩表情淡然，叫了秀贞一声，仿佛在询问结果，秀贞迅速将化验单塞进挎包，一脸云淡风轻的样子，迅速走进病房。

“我还以为是得了什么大病，臭小子，你就是太累了，你该多休息，回来就好了，一切就好了！”秀贞拉着俊浩的手回家，像哄着一个不睡觉的孩子，一路上抓得紧紧的，生怕他又一次逃掉一样，如果可以，她情愿一直拉着这双手。

回到家里，俊浩回房间去休息，秀贞做饭，切着一只洋葱，一路上她坚强地隐忍着，生怕俊浩有所察觉，借着洋葱汁液弥散在空中的辛辣味，秀贞痛痛快快地流着泪，最后她放下菜刀，掩面而泣，窗外明明是暖阳，却让人觉得寒冷。

她也想起他们的爸爸，同样的病，她一直生怕这一天到来，可偏偏真的就来了，她无力地拍打着自己的头，跌坐在地上。

俊浩终于回到了西西里，他生活了十几年的小岛，虽然舍不得离开上海、离开小悠，但唯有这样，才能让小悠渐渐从痛苦的深渊中走出来，开始全新的生活。他不想让小悠得知他的病情，那会让她痛不欲生，他死后，她要怎么去面对现实？怕她无法从痛苦中走出，反而是害了她。

他爱她，心中也痛，但不能让她为他承受痛苦一辈子，小悠应该有新的生活。

俊浩站在山坡上远眺。悬崖下的海湾像两条纤长的手臂一样延伸入地中海，海水是天空两倍的碧蓝，环抱在海湾里，沿岸错落有致的深红色的房所依山而立，山后是自然保护区，满山遍野的野菊花和肆意绽放的仙人掌铺满了山坡和丘陵，迎着朝阳。

世界真是美好，他还没有看够，却要过早地离开。

这时，他手机进来几条信息，是小悠，她用韩文、中文、英文发了很多骂他的话过来，他摇摇头苦笑。

后来，小悠又打过几个电话，他都没有接，他把手机搁在石头上，手机震动着闪着红色的灯，他一直盯着看，直到手机不再震动灯不再闪，他的心虽然很痛，但是没办法的事，长痛不如短痛。

小悠又发来一条短信："对不起，我错了！只要你回来，我再也不跟你发脾气了！"俊浩捂着嘴哭了，怕风和石头听见，怕橄榄树听见，也怕姐姐听见。

眼泪干了后，他站在山坡上望着远处的大海，脚下便是悬崖，只要轻轻往前走几步，他的一生就可以从此画上句号了，他只有死了，才能结束这一切。他犹豫着，试着往前走了几步，脚下的碎石簌簌而下，掉入万丈悬崖，他停住了脚步。

身后传来了秀贞的声音："俊浩！俊浩！"

秀贞气喘吁吁地跑过来，拉住他，紧张地问："俊浩，你到底想干什么啊？"

俊浩对着秀贞绝望地微笑。

俊浩和秀贞一家人围坐在户外庭院的餐桌边吃着饭，俊浩突然抬头对姐姐说："我想回上海了。"

秀贞停下吃饭，瞄了他一眼："你才刚回来，就那么着急地想见那个女人吗？"

俊浩愣着，呆呆地看着秀贞，泪水在眼眶里打转："姐姐，帮我办一个提前的葬礼吧！"

"你疯了吗？"秀贞的叉子掉在盘子上，发出"咚"的一声脆响。

坐在一边吃饭的安东吓了一跳，露出一脸无辜的表情，里奥摸了摸安东的头，有点担忧地看着姐弟俩。

"答应我，姐姐，我必须让她更早地忘了我！"俊浩乞求着说。

“那是她的事，我不能给我活着的弟弟办葬礼！”秀贞哭了。

“我知道自己的情况，姐姐，不用瞒我了，我什么都知道了！”俊浩绝望地说。

秀贞隐忍许久的坚强和悲伤顷刻间崩塌，她突然号啕大哭，眼泪成串地跌落在盘子里，砸出一个个清脆的声响，俊浩从座位上站起来，走到姐姐身边，将她的头靠在自己身上。

2014年1月15日，天气阴沉得厉害，乌云厚重得几乎掉落下来，冷风吹着。秀贞答应为俊浩办一场葬礼，希望小悠可以接受现实。

俊浩十八岁那年在墙上“画”了一幅抽象画的教堂里，燃着上百只白色的蜡烛，气氛庄严肃穆，阳光穿过七彩玻璃窗照在教堂中央摆放着的一口棺材上，神父穿着一身黑色的教服在做弥撒，秀贞穿着深色的衣服，戴了黑色的帽子坐在台下，掩面哭泣，里奥在她旁边，轻轻拍着她的肩膀，把她揽入怀中。秀贞依靠在丈夫的怀里，哭得更加厉害。

秀贞代表俊浩给远在上海的老马打了一个电话，告诉他俊浩爬火山的时候，失足坠落山崖，已无法生还，老马说立刻动身飞赴意大利，送俊浩最后一程。

“她会来吗？”俊浩问着自己，“她一定会来送我最后一程的。”

秀贞家不远处的山坡下的橄榄园就是俊浩的墓地，他总算得偿所愿，安静地睡在姐姐的橄榄园中。在一棵高大的橄榄树下，石碑上贴着一张他亲自挑选的相片，小悠给他拍的吃辣猪手的那一张，他想：小悠能看到他的用心，希望她将来笑对生活。

天空开始下雨，细密斜织，一群人打着伞为俊浩献花，送他最后上路，秀贞、里奥、安东排着队将花放在俊浩的墓前，最后是从上海风尘仆仆赶来的老马，他穿了一身黑衣，表情复杂，献花时无奈地摇头。

小悠没来，她还是不愿意面对，无法接受俊浩的离世。老马来了意大利之后才知道俊浩并没有死，葬礼不过是为了小悠而办，虽然很愤怒，可听完俊浩的解释之后，他也接受了他的请求，替他瞒着小悠，告诉她俊浩已死的事实，希望小悠能够接受。

“我看你简直疯了！”老马说。

“拜托啦！”俊浩双手合十地哀求他。

俊浩远远地看着橄榄园里发生的一切，天气也很应景，雨水都是上天为他的良苦用心而流的泪，姐姐一家人和老马为他所做的一切，他永远铭记在心。

小悠始终是他心里难以割舍的痛处，他不想辜负她，却不得不弃她而去，他宁愿她恨，宁愿她用各种恶毒的语言咒骂，只要能使她接受现实，勇敢面对新生活，他宁愿接受各种惩罚。

第四章

云层深处，如许暖阳

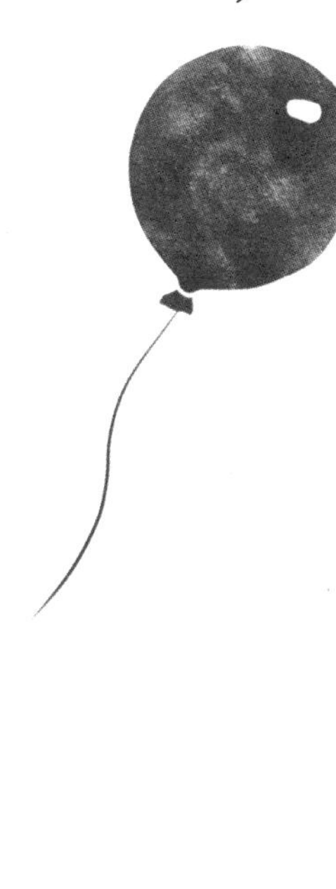

隐匿悲伤旁

俊浩决定回上海去，秀贞虽然不同意，但拗不过他，也只能点头答应，她嘱咐他一定要多休息，还要按时到医院去复诊，接受治疗，还有不要忘记吃药，俊浩频频点头，秀贞拜托老马照顾俊浩，说有什么事一定打电话给她，老马也同意了。

俊浩要走了，秀贞非常舍不得，说句难听话，此行凶多吉少，可俊浩郑重地告诉秀贞，等小悠接受现实他马上回来，最晚不超过半年，他一定回到姐姐身边，而且永远也不会再离开了，秀贞哭得不能自已，眼睛一直红肿着，里奥搂着她，亲吻她的额头。

俊浩陪着安东在院子里玩耍，安东喜欢舅舅，两个人乐得欢天喜地的，躺在院子的草坪上打滚。秀贞在一旁晒着床单，十分不舍地看着俊浩，五味杂陈，她愿意接受弟弟去完成最后的心愿，而且她等着他回来。

对一个人最大的爱莫过于支持他的决定，虽然明知这决定对他毫无意义，甚至结局相反，也不要轻易毁掉他的梦想。

晚上，俊浩躺在床上拿着手机，反复地看着小悠发过来的信息，一脸悲伤，无奈地叹着气。

秀贞穿着睡衣推门进来，俊浩赶快把手机藏在身下，秀贞踢掉拖鞋钻进俊浩的被子里。

俊浩吓得抱着被子坐起来，叫着："你来干吗啊？"

秀贞平淡地说："弟弟明天就要走了，怕你失眠，我来哄你睡觉啊！"然后去拉俊浩的被子，俊浩不给她，两个人互相拉扯着。

"我已经是大人了！你到底想干什么？"俊浩不让步。

秀贞拍着床板，瞪着他，命令俊浩躺下，俊浩无奈地摇头，背对着秀贞躺下，双手抱着肩，身子躺在外面。

"睡好！"秀贞说。

俊浩无奈地平躺着，秀贞拉起被角给俊浩盖上，悲伤地叹息着。

秀贞说："你让我办葬礼，我就替你办葬礼，你想过我的感受吗？她连你的葬礼都没来，还要回上海干吗呢？你现在就是个活死人了，还要折腾！"

两个人静静地躺着，看着屋顶发呆。

秀贞继续说："还记得小时候哄你睡觉，姐姐给你唱的歌吗？"然后她慢慢哼起了儿时的摇篮曲，俊浩也跟着她唱。

秀贞拿出手机，把俊浩的声音录了下来，以后数个年月里，她常常听这段歌声，泪流满面。

一月底，俊浩终于又回到了日思夜想的上海，但这时他已经不再是朴俊浩，变成了另外一个人，以不存在的状态活着。

俊浩已因意外离开这个世界，他只能像幽灵一样，回到他和小悠初识的城市，来到她身边，帮她重拾活下去的信心和勇气，让她坚强面对未来风雨，只有这样，半年后，他才能走得踏实。

由老马出面帮他租下了小悠楼上的房子，房间陈设简单，只有一张床垫和一张书桌。他很疲惫，躺在床垫上休息，他的行李箱堆在房间的角落里。

春节到了，窗外是灯火璀璨的城市夜景和传入房间里的欢呼声，一朵朵美丽的烟花升到中天，然后纷纷炸开，照亮了俊浩幽暗的房间，火光映红了他的脸。

他的墙壁上贴着手绘的日程表，写着回上海的日期，以及需要去医院体检的日期，每隔一周用红色的笔标注着。

老马本来已经帮他联系好了入院时间，但他因为要搬家又给推迟了，现在他终于搬到了小悠的楼上，虽然周身疲乏，可他还是很高兴，他能听到小悠房间里传来的电视声音，也能想象此时的她一定蜷缩在沙发里，手里捏着摇控器，憅憅就趴在她的边上，舔着鼻子。

俊浩来到窗前，看着城市上空跳跃的火树银花，手里捏着一只录音笔，他想把回到上海之后发生的事都录在里面，将来小悠或许可以听到。

他的身体状态越来越差，常常感觉疲倦，走不多远路便要坐下来歇脚，气息也越来越不顺畅，上海的冬天冷风中夹杂着潮湿，普通人尚且受不了，别说生病的他，每次出门对他来说都是一种煎熬，他要寻找帮助小悠的时机。时间不多了，他要尽快。

一连过了好几天，他都没有听到小悠进出门的声音，也没有看到窗外有她闪现的身影，她应该一直蜷缩在家里，那个冰冷的墓穴之中，或许饭也没有认认真真地吃过一顿，他很担心她，又不知如何帮她。

他灵机一动，打开电脑，查找到附近的外卖电话。

“请帮我叫我一份A套餐送到下面的地址……”他在电话里头详细地报出了小悠的地址，之后站在窗口等着，不一会儿送外卖的小哥便来了，他笑了。他听到外卖小哥“噔噔噔”上了楼，敲门，然后有人开门，说了几句话之后，外卖小哥匆匆跑下楼，站在院子里四处看，还不停地挠着头，显然小悠拒绝接收。

外卖小哥拨通了俊浩的电话，俊浩没接，响了几声之后电话自动挂断，这一次失败了，看来下次不能贸然行事，万一被发现就坏了，但他止不住担心她，本来已经那么瘦了，再不吃饭可怎么得了。

他并不知道这时候的小悠正是情感过渡的非常时期，刚刚得知俊浩的离世，无法接受也不想见到任何人，她整日将自己锁在家里，生人勿近，哭得眼泪已快干了，少吃一顿饭又算得了什么，她已经没有活下去的勇气。而这些，都是她面对现实重新振作的必经之路，别人无法帮助她，唯有自己。

老马打电话告诉俊浩，关于陈总那个酒吧的事，说小悠听到陈总骂俊浩，气不过，一脚将他踢得滚下楼梯的事，他在电话里笑了。

“你还笑，这一脚踢跑了我的单子。”老马说，“我决定不让小悠接触这个案子。”

俊浩说：“不要啊，你应该给她时间，她会好起来。”

“我给她时间，可时间不给我。”老马说。

可是，又过了没多久，老马打电话说刚才小悠来过公司，跟他抢那酒吧的图纸，一边嚷着说这是俊浩的设计，好像是个圣旨，谁也不能玷污，老马抢不过她，被她夺了去。

俊浩说：“也许她振作起来了。”

老马说：“未必，哪有这么快，除非她没那么爱你。”

不过一会儿，俊浩听到了“咚”的一声关门，知道是小悠回来，他挂了电话慢慢趴在地上，把耳朵贴在了地板上，他听到“嗡嗡”的声音，像一列火车驶过。

停顿了不过一会儿时间，便听到小悠歇斯底里地哭喊，一边骂着：“骗子，你这个骗子！大骗子！你说你不会离开我的，你说你只是去学歌剧！”接着是她砸东西的声音，还有玻璃被砸碎的“噼里啪啦”的声响，窗外“啪啪”两声，俊浩爬起来去看，两本相册从小悠的窗子飞出去，砸中了楼下那个叫田博的男人养的几盆多肉植物上，植物被砸得稀烂。

俊浩很心疼，他的气息又不顺畅了，他多想跑到楼下去将小悠紧紧抱在怀里，吻干她脸上的泪，但是不能功亏一篑，可他实在忍不住了，开了房门蹑手蹑脚溜下一层楼，站在楼梯的拐角处，几次冲动地想要推开那扇心里想了无数次的门，但他的手已经摸到了门上，又慢慢地缩了回来。

他和她的爱只隔着一道木门。

小悠的哭声从门里传出，他针扎一般难受，眼泪“嘀嗒嘀嗒”砸在地上，摔碎了，他心里充满了矛盾，犹豫着，就僵在门口。

楼下的男人站在院子中间，冲着小悠的窗子喊着：“喂！”似乎要同她理论，小悠依然忘我地惊天动地地砸东西，根本不理睬，后来她累了不砸了，伤心地号啕大哭。

楼下的田博跑上楼的时候，俊浩听到声音，想赶快上楼去，并且保持轻盈的脚步，像片羽毛，怕被瞧见，可是他刚一转身，就接触到了田博的目光。

“你！”田博愣在那里，俊浩的脸他记得，俊浩回头看了他一眼，一颗豆大的泪水滑落，他迅速转身上楼。

回到房间里，俊浩很难过，掏出录音笔录着：“2014年2月14日，情人节！小悠又哭了，可我没法安慰她。老马一直在催我住院。记忆力越来越差了，只能靠录音笔记录……”

俊浩很疲倦，像背着一个大冰箱爬了十层楼一样，汗水已经被风吹得如一层薄冰紧贴在身上，他躺回到床上去，房间里空荡荡的，卧室里也只有一张旧床垫，搁在地上，铺着浅色格子的棉质床单，俊浩听到小悠哭喊和怒骂的声音，想象着她蜷缩在沙发里抱紧双臂哭得浑身颤抖的样子，心碎得像掉进十二月的冰窟里，他伸出手臂掩住了脸。

老马电话里追问他什么时候去医院，他说“快了快了”，再等等就好了。

“还等什么？”老马怒吼着，“你自己的情况你不了解吗？再等下去……”他没有说出后面的话来，那半吞半吐的话还是被他生生咽了回去。

俊浩在电话这头笑了：“我心里有数的，我只是放心不下小悠。”

老马叹了一口气说：“你最近怎么样了？”

“还好，只是偶尔会觉得有点累。”俊浩说。

“好的，照顾好你自己。”老马说，“我可不希望医院的工作人员替你拨我的电话。”

俊浩哈哈笑了。

俊浩站在窗前看着楼下发生的一切，旧的弄堂里，两个人拖拉着几只箱子往垃圾站去，他一早就听到小悠在楼下收拾东西，带着些许愤恨似的，生怕别人不知道一样，搞得房间里电闪雷鸣，不到中午，就看见她拖拉着几只箱子往楼下去，田博正站在院子当中，热情地帮忙。

小悠回头冲田博微笑，感谢他，田博也笑，他们的互动自然和谐，像多年的老友，或者像一对正常的情侣，俊浩全部看在眼里，小悠又变回了多年前那朵百合花，带着清早的晨露，已不见了多日来的忧郁和悲伤，俊浩看得眼眶潮润，也许小悠很快就会走出来了。

后来，Ruby来了，她似乎很忧伤地盯着小悠的箱子和里面的东西，但小悠把她拉走了，她们离开后，田博久久地站在后面紧盯着小悠的背影。俊浩也看在了眼里，楼下这个孤僻单调的男人还有温情的一面，他希望有个男孩子可以走进小悠的生活。

晚上，小巷内空无一人，俊浩扶着墙壁轻轻走下楼梯，路过小悠的房间，里面悄无声音，他听到戆戆在扒着门哼哼，似乎感觉到了俊浩的出现，他心头一热。

下到一楼，他听到田博家里传出钢琴声，他戴着黑色的毛线帽子，快步走出去，来到垃圾站旁，所幸运送垃圾的车还没有来得及将那些小悠丢弃的箱子运走。他翻开箱子，看到自己的衣物、光盘、留声机，还有他和小悠的合影，他从纸箱里拿起一个相框，他们笑得如此灿烂，但玻璃已经碎裂，他们的脸上有轻微的划痕，他伤心地擦拭着相框，看来小悠已经渐渐地接受了现实，虽然是好事，但俊浩还是难掩心中的伤感，不知该喜还是该悲，片刻之后，他就平和了，这是他从意大利飞回上海费尽心机和忍着浑身剧痛所想要得到的，他如愿以偿。

他一点点将那些箱子里的东西慢慢搬回楼上，他浑身乏力，东西又多，只能每次少拿一部分，轻手轻脚，尽量不惊动一楼的钢琴声。

他打算将这些带回意大利，想在最后短暂的日子里，有他们共同的记忆陪伴在身边。

一眼万年

俊浩打了一个电话给老马，约他见面。

老马将车子停好，穿过马路，从酒吧窗外看见俊浩一个人孤单地坐在吧台前的背影，单薄消瘦，病魔已经将他折腾得瘦成一把细骨，好像轻易就可折断。老马说不出心里的滋味，酸中带着苦涩，他推门而入，酒吧间里播放着伤感的轻音乐，灯光很暗，客人不多，小酒桌上摆放着白色蜡烛，他来到俊浩身边坐下。

俊浩见他，便招呼吧台里的调酒师："两杯啤酒！"

老马说："你能不能正常点？快死了还喝啤酒？"企图阻止他。

俊浩笑着说："我是想死得开心点！"调酒师已将两杯啤酒摆在他们面前。

老马接过啤酒，叹了一口气说："你说我当初咋就脑子抽筋招了你们这一对活宝？现在不光要照顾你，还得天天哄着那个祖宗！"

俊浩不满地说："你当时可是占了很大的便宜，一个顶尖的欧洲设计师只拿普通白领的薪水，还自带助理。"

老马苦笑着："我上辈子作了什么孽啊！"

俊浩笑了，拿出一张卡片和一只笔递给他："帮我写点中文。"

"写什么？"

"我说你写。"

老马只好拿起纸和笔趴在吧台上，等着他说。

"朴俊浩，二十六岁，AB型血，脑癌晚期。"

老马愣住了，写字的手停下来。

"接着写啊，写得漂亮一点！"俊浩催促着他。

老马低下头继续写着。

"如果看见我晕倒，请将我送到医院，再和我哥们儿马帅联系。"

老马把笔停下。

俊浩得意地说："有了这个，以后就不怕把自己弄丢了！"

老马说："凭什么又是我啊？爷不伺候。"说完，把笔扔了。

"别啊，除了你我没有可信任的人了。"俊浩哀求着，老马说不出话。

"小悠抢走图纸之后怎么样了？"俊浩问。

"她去找陈总，坚持要把酒吧做完。"老马说，"真是够倔的。"

"那现在呢？"

“现在？你自己去看吧。”老马说。

时间已经很晚了，工地上空无一人，小悠站在铁架下面，试着焊接，有几下没成功，火花蹿出来，浓重刺鼻的青烟冒着，她躲得很远，过一会儿又犹豫着走过来，咬着牙，重新捡起焊接机。

老马和俊浩偷偷在门外看着。

“就作吧你们！你还能惯着她几天？她如果连这点事都做不了，以后在哪儿都是个废人。”说完老马转身离开，一脸郁闷的表情。

俊浩追上他说：“不会的，小悠没那么脆弱！要不咱们打个赌吧？我死之前，小悠一定会走出来，赢了你请我吃大餐！”

老马回过头来，十分肯定地说：“你赢不了！”

“那我就会一直活下去！活到她能走出来为止！”俊浩也坚定地说。

一个阴沉的夜晚，小悠骑着摩托车出门之后，俊浩也下楼叫了辆车跟在后面，他叫司机不要跟得太近，以免被发现。小悠的方向是工地，俊浩知道她要干什么。

外面已经雷声大作，乌云叠成山峦重重地压下来，狂风乱吼，工地里“叮叮当当”地响动。小悠把车子停在酒吧门口，俊浩下了车，躲在一边远远看着，发现她竟然把戆戆也带来壮胆，她亲了戆戆一下，抱着进了工地里面，俊浩无奈地笑了。

不一会儿，雨就下了起来，而且雨势越来越大，俊浩出门急没有带伞，只好躲在一处避雨的地方，远远看着工地。屋子窗口的方向亮着灯光，隐约有忽明忽灭的电焊的火光，伴着“哧哧啦啦”的声音，没几分钟，突然一个高台上的灯饰掉落下来，发出巨大声响，戆戆被响声吓到，从里面跑了出来，接着小悠叫着戆戆的名字追出来。

“戆戆，别怕，回来！”她奔跑着去追赶戆戆，不一会儿，她和戆戆都消失了。

俊浩吃力地奔到街上，小悠寻找着戆戆，而他在寻找着小悠。他终于看到小悠站在一个路口，拦住过往的人询问戆戆的消息，路人因这落雨纷纷摇头，急于脱身回家。雨越下越大，他们的身上全都淋湿了，小悠毫不在意，俊浩的心提到嗓子眼，他不知道下一步应该做什么，除了只能远远观望之外。

有人指给小悠一条路，就在马路对面，明明是红灯，小悠也不管不顾地冲到马路中央，为了挽救她所剩无几的温暖，奋不顾身，或者也因为戆戆是俊浩送给她的定情信物。很快，她被来来往往的大小车辆包围，踯躅地站在马路中央，手足无措，俊浩看出危险，也顾不得隐藏，他焦急地喊叫着：“小悠，小悠，别动！”

小悠似乎听到了他的声音，但汽车声太嘈杂，她慢慢回头，俊浩已经跑到路口，举着手高喊着，希望她能看到，可就在小悠马上看到他时，一辆大车从小悠身边开过去，遮挡住了她的视线，他们的目光失之交臂。

“小悠，是我！我是俊浩！”俊浩在另外一边叫喊着，车声、雷声、雨声把他的呼喊压得听不见了，他看到小悠有些不相信似的，四处寻找他的声音，她分明已经听得清清楚楚。

一辆大巴车向前开走，眼见两人的视线即刻相遇，小悠突然间被车撞倒，“嘭”的一声，摔在路上。

俊浩惊叫着：“小悠！”然后冲了过去，前面的汽车纷纷停下来，一片混乱。

司机赶快下车，摇着倒在地上的小悠：“姑娘！姑娘你没事吧？”她像被大雨击落的一片梧桐叶，倒在地上。

俊浩冲过来，愤怒地推开了司机：“你让开！”

司机慌乱地跑回去，打开了汽车后门，准备送小悠去医院，俊浩蹲下来，抱着小悠焦急地叫着她的名字，心疼得几乎立刻就能死去，他恨自己为什么没有早一点喊小悠的名字，帮她一起找，为什么痛苦总要小悠一个人承担。

小悠在病床上昏睡着，额头上贴着纱布，手臂上吊着盐水，她的刘海湿漉漉的，紧紧贴在额前，俊浩站在床边上，一只手轻轻握住小悠的手，心里满是歉疚，但他不得不离开，因为他已经请人通知了小悠的爸爸，他正在火速赶来。

再不舍得也要离开，俊浩正准备走，突然病床上正在昏睡的小悠紧紧抓住了俊浩的手，不肯放开，俊浩努力几下无法抽出，他试图挣脱又怕将小悠弄醒，反复几次，小悠反而抓得更紧了，生怕他真的离开，甚至将他的手背抓出深深的红印。

他只得又坐回床边上，紧紧地握着小悠的手，失声哽咽了。

“我不走，我不走，我哪儿也不去了！”俊浩喃喃地说，心疼得眼泪原地打着转。

可最终，俊浩还是走了，虽然他不想，但听说小悠并无大碍，只是疲倦得昏睡，随时可能醒来，他就更不能留下来，万一她苏醒得知全部，俊浩用心所做的一切都将失去意义，他很快也要离开这个世界，不能再让小悠伤心，不能功亏一篑。

他沿着医院灌着风的走廊快步往楼梯口去，可是刚走几步又突然停下来，可能是刚才用了太多的力气，加上精神高度紧张，此时疲惫不堪，得知小悠无碍，他更是立刻气喘吁吁，他一手扶住墙壁，身体抖动，胸口剧烈喘息，已经渐渐站立不稳，手也在发抖，他知道自己快昏倒了，他努力支撑着，再支撑，他不能倒在这里。他靠着墙壁慢慢地向下滑，终于坐到了地上，眼前视线越来越模糊，他感觉整条楼道都在剧烈摇晃着，模糊的视线里，有穿着白色大褂的护士朝着他奔过来。

俊浩经历了一场应急的手术后终于暂时脱险，他满头是汗地斜躺在椅子上，衣领被打开，护士正在给他换一瓶盐水，他已吊了一瓶，护士离开后，老马犹豫着走进房病。

老马皱着眉把手机递给俊浩，里面是一个拨通的电话，俊浩疑惑地看着老马，接过电话。

“喂！臭小子，竟敢逃出医院，大雨天还跑出门，一点都不珍惜自己的身体！”秀贞在电话里叫骂着，听起来十分气愤。

俊浩安抚她：“姐姐，你别生气。我可真想你啊！”

老马心虚地准备逃离病房，俊浩对他做了一个戳眼睛的动作，小声骂他是“叛徒”！

不过幸亏有了这个“叛徒”，否则后果真是难以预料。

小悠的爸爸来了医院之后，小悠也苏醒过来，她突然意识到俊浩没有死，刚才那情景历历在目，她听到俊浩喊她的声音，也似乎感觉到他的怀抱，绝对不是幻觉，可是又没有证据，小悠离开了医院，回到家里去。

戆戆丢了之后，小悠的半条命也丢了，她突然觉得自己好孤单，生命中最重要的人和物一一离她而去，她想伸手阻拦却那么无力，她的脸白得几乎透明，大概已经很久没认认真真地吃一顿饭了。

她回到家想洗一个热水澡，喝点热水。可她忘记了关水龙头，水从浴缸里蔓延出去，顺着卫生间的地面流到客厅，穿过地板渗到楼下，田博的钢琴被水泡了。

田博愤怒地冲上楼，却闻到了一股煤气味，原来小悠忘记了灶上烧的水，沸水溢出熄灭了火，煤气味道已经充满了整个房间。

小悠听到敲门声，穿着浴袍跑出来开门，田博先是冲进厨房关了煤气，又冲进卫生间关了水龙头，回到客厅里开了窗，之后便对小悠大声地斥责一番。

“大姐，全世界又不止你一个人失恋，比你痛苦的人多的是！谁跟你一样天天要死要活的？”他的声音像一支支响箭，穿过满屋的煤气和音乐射向她，听起来结实又愤怒。

她觉得很委屈，咬着下嘴唇，一言不发，头上的水从她脸上滑下来，滴进胸前的浴袍里。

两个人一时无话，小悠呆了一会儿说："我的狗丢了，你能帮我找狗吗？"

她托所有人帮忙找戆戆，田博也帮忙发着传单，公司里老马等人也没闲着，俊浩当然也是一再拜托。

恢复过来的俊浩回到出租屋，打开电脑发了一条帖子：寻狗启事。写明若能将爱犬送回公司，失主将当面酬谢一万元，并留下了老马的联系电话和公司地址。边发边神经质地坏笑。

这下好了，从那天开始，老马一点空闲都没有了，公司里闹得鸡飞狗跳、人仰马翻，全部员工都要每天接待各方神圣——纷纷赶来送狗的人，然后伸手找老马要钱，全公司里都是狗，到处乱跳，屙屎撒尿，生意是没得做了。

一个哥们儿抱着只斗牛犬对老马说："看好了，我这跟他们不一样，这可是正宗的斗牛犬。"

老马苦笑着说："是！可这不是我们的狗啊？"

那哥们儿非常不屑："是斗牛不就得了？那么挑剔干吗？"

老马哭笑不得，他不知帖子是谁发的，恨得牙齿痒痒，查了所有人都没有结果，也就不了了之了。

身体恢复一点之后，俊浩邀老马和他一起去工地偷偷帮小悠干活，老马自然不肯，觉得是件发疯的事，果断拒绝，俊浩百般威胁，说如果老马不来，他一个人也可以，就算死也要去，反正早晚都是一死，他把“死”字说得尤其严重，老马不敢怠慢，万一出了事，俊浩口袋里的纸条还写着他的名字。

“很快就要完工了，而且这也是你的工地，对不对？”俊浩企图让老马心甘情愿一点，老马十分清醒，全然没被拖进水里。

“你说我大小也算个装修设计公司的老板，大半夜不睡觉，跑这来给你当苦力。我他妈图什么啊？我现在恨不得整个酒吧都给他炸了。”老马正在和俊浩一起搬着硕大的铁架子，俊浩几乎没什么力气，稍微运动几下便弓着身子气喘连天，虚弱得如一团棉花，过了不一会儿他已经累得不行，只好坐在一旁休息，用微笑回应着老马。

老马叹了口气，举起焊枪开始焊接铁架，他动作比小悠娴熟得多，火花从他手中的焊枪中喷射出来，屋里闪着光，冒着青黑色的浓烟，味道刺鼻。

稍微缓解过来，俊浩便开始数落老马：“你这奸商，怎么会明白爱情的事？”

老马说：“狗屁！我看你就是矫情！真爱她怎么不敢去见她？别说弄个铁架，你就是帮她盖座楼，她也不知道是谁弄的，也开心不了，智商都负数了！”

俊浩说：“见了又怎么样？让她再难过一次，然后死在她面前吗？等哪天真撑不住的时候我会自己离开的，你们谁也见不到！”说完话，他试着站起来去搬其他铁架给老马，可是刚站起来又不得不坐下，费力地喘气。

老马郁闷地看着他，突然心气不顺，扔下了焊枪："老子不干了！你现在就跟我回医院去！"他一把抓住俊浩，企图把他往外面拖，被俊浩一把甩开。

老马不理他，气愤地走开，刚走没几步突然被一颗石子砸在后背上，他回头看着俊浩，俊浩仰面看着天空，假装不是他丢的。

老马突然冲过来，直接把俊浩扑倒在地上，两人在地上翻滚撕扯着，老马骂他："你个王八蛋！你一个快死的人了，还跟我折腾！"他拼命扯着他的衣领。

俊浩说："放手！离了你我照样能干好！"

老马大喊："哎呀，你不要抠鼻子！放手，哎呀，疼！"俊浩一只手揽着老马的脖子，一只手抠他的鼻孔，老马则压在他身上，两手揪着他的耳朵。

最后，两人都一脸伤痕才罢手，老马拍拍手走了，俊浩坐在一堆铁块上面笑着，剧烈地喘着。

小悠一个人来到工地涂油漆，弄得到处都是，她在一面已经刷好的墙壁前，用手指画了一个悲伤的"哭脸"，她想起俊浩。

当天晚上，俊浩的身影出现在工地上，他看到小悠涂得乱七八糟的墙面，一块一块如小悠心上的疤痕，他拿着刷子一点点帮她将墙面涂抹好，看到墙上小悠留下的"哭脸"，把"哭脸"刷掉，在原处画了一个"笑脸"。

第二天，小悠发现了笑脸，又惊又喜，觉得似乎俊浩就在她身边，从未离开过，她心中多了一份沉甸甸的倚靠。

她在“笑脸”的下面留了一句：“Who are you?”

夜晚的俊浩在那句话后面画了一个“微信语音”的符号，提示“语音15秒”。

小悠看到后开心地笑起来，竟然真的单击那“语音条”，贴在墙壁上认真地听了一会儿，然后她回复，画了一个“握手”的表情。

俊浩则在“握手”的下面画了一个“大拇指”，给她点赞。

细数当时

夜晚，小悠突袭了工地，想抓住那个帮忙的人，她曾经怀疑过是俊浩，但绝无这种可能，便想还会是其他什么人，越发觉得蹊跷可疑，忍不住想要揭晓谜底。

结果发现老马一个人在那里“噼里啪啦”地忙着焊接，她顿时泄了气，老马也发现了她，她坚决不信墙上的图画出自老马之手，于是她几次三番地离开又折回，一次次想揪出“幕后黑手”，却都只瞧见老马一人，老马说：“姑奶奶，你这样是会吓死人的！”

她不得已，悻悻离去，终于骑着摩托车消失在夜色之中。

而站在二楼一角的俊浩，则紧紧贴着墙壁上的柱子，目睹了一切的发生，他心下不忍，但却不能将自己尚在人世的事公布于众，他不忍看小悠伤心，更不忍看小悠绝望。

突然，他的鼻子又开始流血了，他用力抹了一下，然后“咚”的一声栽倒下去，老马闻声跑上来看到地上的俊浩，连拖带拉把他扶起来，抱着他就往外面跑去。

老马开着车，油门踩到了底，往医院的方向，俊浩坐在副驾驶座位上，用纸巾捂着鼻子，头仰着，还侧过脸来对老马微笑。

“老马，开慢点，没事，一会儿就没事了。”俊浩说，老马不理他，神情凝重地看着前方的道路，俊浩回过头，鲜血从他的指缝中渗出，满手背都是血。

终于到了医院，老马将车子停在门口，就扶着俊浩进去了。俊浩的血已经染到了车座位上，一张卡片从俊浩的身上掉落出来，老马顺手装进了口袋里。老马拼命地喊着医生，有护士推着小车子赶过来，俊浩坐在上面，护士将他推到急诊室里，血已经滴在了走廊里，老马的咆哮声也回荡在医院的大厅里。

等到止住了血做了一系列的检查之后，医生拿着病历夹跟急诊室门口的老马说话，他说：“叫家属来吧，不能再等了，准备后天的大手术。”

早晨的微风吹拂着窗帘，阳光照在地板上，医院里的空气中漂浮着来苏水的味道，俊浩躺在病床上，看着窗外的晴空，他的脸灰暗失色，苍白憔悴，头发乱蓬蓬的，一只手垂到床边去，手臂上插着输液管。

老马陪着风尘仆仆赶来上海的秀贞在手术单上签了字，医生核对了一下拿走了。

回到病房里，秀贞一脸怒气地看着俊浩，俊浩虚弱无力，努力地冲着姐姐微笑，老马站在秀贞的身后。

“你到底想怎么样？难道你为她做的还不够吗？”秀贞冲着他嚷。

“你又要发脾气了，一切都是我自己的决定！”俊浩很努力地说。

“难道姐姐就不重要了吗？我为何要带你离开韩国，你知道我是怎么辛苦地把你养大的吗？”秀贞说着又哭了。

“唉，你又来了！不过姐姐比以前温柔了很多，看着也更漂亮了！”俊浩无奈地说，但是红了双眼。

“啊！你这个笨蛋！你是非得气死我吗？无论怎样我今天一定去找她说清楚，凭什么让我弟弟痛苦地一个人受罪？”秀贞愤怒地说完，转身要走。

俊浩赶快叫住秀贞，带着撒娇的口吻哀求着她：“姐姐，我想家了，如果我能活着出来，就帮我订一张机票吧？”

秀贞回头看他，哽咽着，心被一把尖刀剜成了几十瓣，每一瓣都在滴血。

俊浩说：“拜托了，安东还在家等着我呢！”

秀贞突然奔出去门，扶住医院的墙壁号啕大哭。

俊浩被推进手术室，接受着手术，秀贞坐在冰冷的医院走廊里，两只手握得紧紧的，竟然忘记了疼，她的眉头也皱着，眼睛一动不动盯着手术室门外的灯，心里不停地祈祷。

有一种爱时刻守护着你，给你温馨和惬意，那便是亲情，不管你是做了什么错事或者坏事，不管世上的人多么唾弃你、厌恶你，血脉相融的家人，都会时刻准备着挺身而出保护你。

老马在旁边踱着步子，这时候只有他能够替俊浩安慰秀贞，那个苦命的女人。

与此同时，小悠来到工地，到曾经和俊浩互相留言的墙壁前，那些话已被人抹平，找不到丝毫痕迹，她反复摸着，寻找位置。她找了一支笔，在墙壁上画了两只咖啡杯，下面写着：“一起喝咖啡吗？”她希望那个人可以看到，她却不知道那个人正在手术台上与死神较量着。

她每天都会来看那面墙，可除了她画的咖啡杯和那句话外，没有其他任何信息，那个人或者没看见，或者没来，再或者看见了不愿回复，她不得而知。她坐在门口，看着园区里来往的人群，神情落寞。

那个人——俊浩已经从手术室里推出来，躺在重症监护病房里紧闭着眼睛，陷入昏迷，床边心脉监护仪微弱地跳动着，秀贞在旁边握着他的手流泪，监护仪每跳一下都给她莫大的希望，她紧紧地盯着仪器看，眼睛一眨不眨，也不觉得累。

酒吧装修已经完成，该拆掉的脚手架和设备也在忙碌地拆除，小悠在那面没有任何回复的墙上，画了一个笑脸，就在她上次写过字的下面，然后又写了“Bye”，她决心与俊浩告别，也要跟这个城市告别。

告别是否意味着逃离？如果逃离可以彻底忘记一个人的话，她想她已经跑到了地球的另外一端。他的音容笑貌依然在她的心底生着根，并且枝繁叶茂，想要忘记是不可能的，她明白接受现实才是唯一途径。

小悠走后，不知什么时候，俊浩来到工地，他戴着帽子遮住半边脸，脸色实在差，因为手术后身体极度虚弱，只能扶着墙壁蹒跚地一小步一小步挪过来，站在小悠的留言前，看到那句“Bye”，心里很不是滋味。他觉得小悠是同过去说再见，也是在跟俊浩说再见。

老马告诉俊浩，小悠邀他们所有同事一起去俱乐部里狂欢，最近她似乎变得很开心，完全不像前阵子那么忧郁，变了个人似的，令人不可思议，或许真的从失去俊浩的阴影中走出来了。

“希望如此。”俊浩说，“不要让小悠喝那么多酒。”

“当然，酒水可是很贵的。”老马笑着说。

“就知道你是个守财奴。”俊浩呵呵笑起来，笑得肺叶生疼。

当晚，小悠和老马一行人在俱乐部里狂欢，俊浩戴着一顶帽子出现在俱乐部里，将自己包裹得看不出来，虽然那里的音乐和氛围已经让他非常不适应，他还是强撑着找到服务员，让服务员送好酒进小悠所在的包房，又掏钱安排几个美男去包房里跳艳舞，为了哄她开心。

“只是助助兴就好了。”他对服务员叮嘱着。

他希望看到她快乐地生活下去。

过了一阵子，俊浩的身体有所恢复，老马每天来看他，见他气色好起来，也替他高兴，俊浩的机票也定好了，老马说要为他践行，他却要老马兑现诺言，老马问什么诺言，俊浩笑着说：“你说的，小悠能够走出去，请我吃饭的。”老马说：“没问题，包在哥哥身上，一定带你去高档餐厅。”

他们约好了一天晚上，俊浩去老马办公室找他，俊浩心里盘算着老马葫芦里卖的什么药，依约前往，公司同事已经下班，楼里暗着灯，大门却没锁，玻璃上反射出俊浩的身影，瘦得如一道闪电。

俊浩推门而入，二楼老马的办公室里亮着昏黄的光，俊浩扶着楼梯慢慢走上去，推开门，看见办公室长桌上点着蜡烛，并且用心摆设了色拉点心与红酒杯，而老马本人，就围着餐厅围巾，有模有样地充当着服务员，站得笔直，正冲着俊浩龇牙咧嘴地笑。

“欢迎光临！”老马用韩语说了一句，身体向前倾，算作鞠躬，然后为俊浩拉开椅子。

俊浩环顾四周，问道：“这里就是你说的高档餐厅啊！”

老马说：“这顿饭，是我欠你的！咱俩打过赌，你赢了！因为意义重大，我决定亲自下厨。”接着为俊浩倒了红酒，介绍说：“九五年的拉菲。”

俊浩有气无力地笑，觉得老马依然小气，但这“九五年的拉菲”却是大手笔，他说：“这次赚大了！没想到还能活着出来，再宰你一顿。”

老马说：“还记得你第一次来公司吗？当时穿着沙滩裤！而且是带米奇老鼠的那种，我一眼就觉得你是个人才！”

俊浩笑了：“我有那么夸张吗？我是真的想不起来。”

老马感慨地说：“哥们儿我是计算机系毕业的，我就像台机器一样，每天都忙着计算，拼命地挣钱。可是遇见你之后，哥们儿，我的系统崩盘了，是你教会我，人有时候是可以做亏本买卖，不计代价地做一些事的！”

俊浩一边点头一边笑着说：“看来我机票买得还真是时候，再耗下去，你会跟我一起死机的！”

老马说：“后天就不送你了，还记得这个吗？你做的！”他拿出俊浩之前要他写的，上面有俊浩的信息和老马联系方式的卡片，卡片上沾染了那晚俊浩的一点绛红的血渍，递给他。

老马随即泪奔，感动地说：“全上海那么多人，你就只记得我马帅！哥们儿特感动！真的！甭管是什么样的事！”

俊浩感激地看着他：“看来我真没少给你添麻烦！”

老马突然打一响指，冲着俊浩说：“哥们儿再给你一惊喜！”

飞驰过往

田博正在认真地擦洗着小悠送给他的复古摩托车，一边擦一边吹着口哨，心情很好，他渐渐觉得这个女孩有很多可爱之处，又特别倔强，认准的事情不会轻易更改，固执得有趣，也实在是令人心疼，她从失去爱人的痛苦中走出来，很不容易。

田博想起他的前女友，他钢琴上摆着的相框里的女孩，因为车祸离开了他。起因是他载着她去兜风，遭遇对面直冲过来的一辆货车，他们被撞飞，女孩当场昏迷，从那天起再没有苏醒过来，田博陪在她床边整整半个月，看着她的面色从温润一直到苍白，再到暗黑，生出许多奇怪的斑，他一直守在她床边，握着她的手哭个不停，眼见着心电监护仪“嘀”的一声变成直线，他彻底崩溃了。

田博一度陷入深深的自责中无法抽离，他一直在逃避，有只巨大又无形的脚始终追跟着他，有时从他的头顶踩落，有时侵入他身体里，有时就在耳边不停地回响——那急促的刹车的声音和轰隆的碰撞声，重重地、排山倒海地压迫着他的神经和他所有的感官系统，以及他无法入眠的午夜。

他记忆深处那个深邃洞穴所埋藏的巨大的痛苦往事，始终折磨着他，每当他听到一阵急促的车辆驶过的声音，都心有余悸，从那之后，他拒绝乘坐任何交通工具，选择步行。有很长一段时间，当他看到街上的车辆和听到车子出发的声音，都会神经紧张，怕得到处躲藏，为此还被强行送到精神科治疗，医生说这是心病，需要自我调节，但他无论如何走不出那个阴影，所以他搬了家。

之后偶遇了小悠，也看到了她的遭遇，从那晚她背着酒醉的男友回来开始，田博看到了这个女孩的单纯、善良，还有遇事后的坚强，虽然有一段时间她的状态很差，常常颠三倒四、昼夜不分，也常常给他带来麻烦，但他并不怪她，她能勇敢面对走出痛苦已是非常不易。他渐渐有点佩服她，也渐渐地学会了如何放弃。

那些记忆虽然还在，但已经不会让他那么难过得自责了，过去的已经过去，既然发生便无法挽回，一个人再苦苦深疚，也只是加剧自我的痛苦，别无益处，活在这世上的人一方面缅怀逝去的人，另一方面也要放下心中的苦结，努力让自己早日走出阴影，勇敢面对新生活。

田博和小悠都做到了。

俊浩简单地收拾好行李，从楼上下来，经过田博的身边，他慢下脚步停下来看他。

“车子不错啊！”俊浩笑着说。

田博停下手中的抹布，抬头看到是俊浩，些许的诧异，但随即便认出是他，田博站了起来。

“帮朋友保管的，06年的复古款。”田博慢悠悠地说。

俊浩听完，笑了笑，然后转身离开。

田博看着俊浩的背影，大声说：“喂！她说的没错，这部车外表和内心不一样，挺专一的。”

俊浩回头看着田博，对他点头微笑。

小悠可怜兮兮地顶着一头湿发站在自家客厅里请田博帮助寻找戆戆，他还真的放在心上，拿着一大摞“寻狗启事”到处找，他一直没有放弃寻找，他想让小悠开心。

俊浩拖着虚弱的身体来到住处，发现墙上张贴着的“寻狗启事”，发了一会儿呆，却似乎突然看到一只脏兮兮的斗牛犬从巷子口跑过去，俊浩急急地追了出去。

“戆戆！”俊浩叫了一声，果然是它。

这时，田博也从巷子口跑出来，他也在追着戆戆：“就你吧？别跑！”两个男人差点撞到一起，互相看了一眼对方，已经认出彼此却不知要说些什么，俊浩知道田博住楼下，田博当然也知道俊浩是什么人。

这时，戆戆转过头来看着两个男人，两个男人异口同声叫着它的名字：“戆戆！”它被吓着，撒腿又跑，两人再追，不过是分开两头追，终于又在一个三叉路口相遇，俊浩已累得上气不接下气，不能再跑了，再跑就要断气了，田博示意俊浩留下，他去追，俊浩坐在弄堂口的一把竹椅上等他。

田博终于将鼴鼴堵在了一个死胡同里，捉住了它，带回来交给俊浩，两个男人坐在两张竹椅上休息，鼴鼴趴在俊浩怀里，吐着长舌头，它也很累。

田博递给俊浩一瓶矿泉水，俊浩说："谢谢。"

田博喝了一口水，摸了摸鼴鼴的小圆脑袋，鼴鼴耳朵背到脑后，很乖很听话，田博说："狗和人一样，就算迷路了，还是会想尽办法找到回家的路，回到喜欢的人身边。"他拍拍鼴鼴的头，"是吧，臭小子？"

俊浩听出田博话中之话，苦笑着说："有时候拼命奔跑，只是为了留在原地。请继续替我保密，拜托了。"

午后的阳光打在两个男人和一只狗身上，也照在他们身后的一面磨砂的古旧的墙上，还有头顶晾晒的不知谁家的衣服上，温暖却无奈，但没有一丝伤感。远远的，小悠从他们后方骑车经过，也许看到了，也许没有看到，她直直的眼睛紧盯着前方，风吹到她脸上，差点流出眼泪。

田博从乌黑的弄堂外走进来，大铁门发出"吱呀"一声，他很自然地抬头看了一眼二楼窗口，小悠的窗户亮着灯光，她在家。这似乎已成田博每日回来必做的一件事，楼上的灯亮着，他感觉心里更踏实，他经历过与爱人生死分别之后，心里已经暗得如夜般漆黑，他浑浑噩噩行尸走肉般活着，再没有什么事能够让他心生希望和盼念，只想过一天算一天，他已然觉得是在煎熬地度过余生。

而小悠轰轰烈烈地出现在他的生活里，生命的轨迹有意无意相互交叠，不管是质问还是吵架，或者她在楼上不停地摔砸东西，弄坏他的植物，她的水渗到他的家里来，泡烂他的钢琴……他们都在时空里相互切磋、较量着，他们都曾背负着巨大的悲伤，生不如死，用各自的倔强同命运对峙，毫不畏缩，也拒绝妥协。后来，他一点一点走近她，了解她的故事和生活，看她走出命运强加的枷锁，他满是敬佩，她是个了不起的女孩，也是个让人心疼的孤独的女孩。

田博正往小区里走，借着弄堂口的路灯，几个行人吃过晚饭消化散步，一辆电瓶车按着沙哑的喇叭从行人中穿过去，一位老大爷推着卖烤红薯的小车站在弄堂口，红薯冒着浓浓的香气。

这时，俊浩穿了一件青灰色的大衣，戴着黑色的毛线帽，从楼上缓缓走下来，走出小区，不是迎面撞向田博，而是倒退着，一直盯着小悠亮灯的窗户，依依不舍地倒退着。

他差点撞上田博，田博自动地避让开，于是他们擦肩而过，田博收住了脚，俊浩也看到了他，停了下来。

"我要走了。"俊浩咧了一下干瘪的嘴唇，然后转身走了，田博看着他的背影，他固执地没有再回头。

再见，小悠，希望你一切都好。俊浩在心底默念着。

这时候，小悠从家里追出来，一直追出小区便停下了，看着远处俊浩踉跄的背影，没敢追上去，远远地看着，双手捂着嘴，呜呜地哭泣。

刚才她已经在楼上看到了这一切，果然俊浩一直没有离开她的身边，但又为何是以另外一种身份出现？她想追上去问个究竟，但又不想破坏俊浩苦心经营的这一切，她要找老马问个清楚。

田博看到这一幕，惊得目瞪口呆。

俊浩刚刚上了出租车，要去宾馆找秀贞，便接到了老马的电话。

老马说："我还欠你一个惊喜！"

老马给小悠打电话，要她到中山公园。

小悠来了，远远看到老马带着大毛、Ruby、兔子、老鲁在河岸广场发着传单，老马和老鲁站在自己设的简易摊位前招呼路人，一个巨大的广告招牌立在他们身边。

见她走了过来，老马高高扬起略显肥胖的小手："小悠，你怎么现在才来！"

小悠毫不客气地说："我都辞职了，你们还找我干吗？不是想打击报复吧？"

这时，一个穿着大笨熊套装的人，从旁边走了过来，围着小悠不停地摇摆，看起来很可爱，老马如此用心，感动到小悠。

老马说："五百块一天，从礼仪公司租的。"

小悠讥讽地说："你啥时候变这么大方了？"

这时突然响起了一段熟悉的音乐，刚才那个在小悠旁边不停摇摆的大笨熊向她挥着手，突然跳起了笨拙可爱的"大熊舞"，小悠看傻了眼，她浑身颤抖着，泪中含笑，太多话不必说，都已经在每个人的心里。

这时，大笨熊突然张开双臂，求抱抱，小悠飞奔过去，冲进大笨熊的怀里，紧紧地抱住了他，一旁的其他人都感动得泪眼婆娑。

小悠激动地亲吻大笨熊的脸，她不停地喊着："我不走，我不走，我哪儿也不去了！就在你身边，不管在哪，永远都陪着你！"

然后，大笨熊背对着小悠，一个人默默离开，小悠站在原地流着泪，看着大笨熊一点一点走远，没有喊他，也没有追上去。

昏黄街灯下，河边的另外一个幽静的丛林里，大笨熊踉跄着走过来，强撑着力气跌坐在台阶上休息，他摘下头套，大口地喘息，果然是俊浩，他已经是满头汗水，几近虚脱。

这是老马给他安排的惊喜，他终于在临走之前，最后一次拥抱了小悠，他得偿所愿，不再有任何遗憾了。

临走之前，他去了那个酒吧，他"生前"奋斗过的战场。他曾答应小悠给她一整个星空，于是，将梦想付诸于行动，在酒吧的顶上设计了一片美轮美奂的"星空云"，近处的巨型灯箱上画着西西里碧蓝的海滩和艳阳，画着和风煦日、青草绿地的美丽景象，旁边写着他说给小悠听的话："当最后一片黄叶落下的时候，你会看到另一片风景。"

身体的虚弱已经不足以支撑他待太久，俊浩扶着楼梯上了楼，来到他曾经与小悠相互留言的那面墙，墙上已经挂了一幅俊浩早前画的油画，意大利南部沿海的自然风光，近处有丘陵、山地和小盒子似的错落有致的房子，还有姐姐家的橄榄园，沐浴在西西里的艳阳下。

他费力地移开油画，发现了他和小悠写给对方的留言，小悠画的两只咖啡杯，还写着"一起喝咖啡吗"，以及后面的一张笑脸，还有

“Bye”。

他能想象到她收不到回复时的失落，他笑了，眼中含着泪花，看来小悠也没有忘记，特地将油画提早挂起来，以遮住这些，还是希望他早晚一天能看见。

他摸摸索索地找出一只笔，在下面继续画了些什么。

一辆出租车停在路边，路灯的下面，秀贞拉着行李箱站在车子旁，影子被拉得很长，她静静看着远处，等待着俊浩，终于看到俊浩拖着疲惫的身影出现，秀贞迎上前去扶住他，一直扶他进入出租车里，车子呼啸着从城市的心脏穿过。

飞往意大利的夜机准时出发，坐在客舱里的俊浩望着窗外的夜幕发着呆，他想起答应小悠送给她的星空，可上海没有星空，天依然黑得如一口深邃的井，他透过弦窗俯看飞机下面，城市中的万千盏灯光汇集成一条流动的银河，原来那就是星空，而小悠就在这星空之中呼吸着。

为了忘却的纪念

回国的飞机上，小悠望着窗外的蓝天和脚下的白云，思绪拉长，俊浩就站在云上笑眯眯地望着她，很多没说出口的话她自然都懂，不用他说，她知道如何好好活下去。

她翻出一只笔和一张纸，在上面刷刷地写着。

“或许，每个人的一生中，都有一个人曾经进入你的生活，给你制造过一段段美好的回忆，然后悄然离去，无论他是否活着，离你多远，都是件令人难过的事，唯一的办法就是，让这个人尽可能长久地活在你的记忆里，而且你一定要坚强和勇敢面对。

“不管他曾经带给过你怎样的感动或者是伤痛，笑容或者泪水，都请你只留下美好的一面，这样他就不会离你太远，时刻围绕在你周围，看着你、抚摸你、亲吻你，等待着有一天不期然地与你相遇，重又出现，你回头，他就在那茫茫人海之间，却从未走远。”

半年后。

在爸爸的居所，小悠和魍魍在客厅玩闹着，电视机里播放着综艺节目。

爸爸和继母在厨房忙着炒菜，爸爸不时端出一盘热气腾腾的菜，爸爸说：“老马也是为了你好，相亲就跟买鞋子一样，一定要多试几次，不试怎么知道合不合脚？”

小悠捧着魍魍的头说：“那也不能给我找一筐歪瓜裂枣吧？”

继母埋怨着爸爸：“你也是，着什么急呀？结婚靠缘分，买鞋看尺码，能往一块比吗？”

桌上摆满了饭菜，小悠在桌边偷吃，魍魍看着她，不停舔着鼻子，焦急地哼哼。

继母端着一盘油焖鲜笋进来，说：“改天妈给你介绍一个，现在好男孩多得是呢！”

爸爸则端出一盘辣猪手：“辣猪手来了，看看爸爸的手艺进步没有？”

小悠看着盘中的辣猪手愣住了，很快她就笑了，一切已经云淡风轻了。爸爸主动伸出手来，摆出拉钩的手势等待着小悠。

小悠也勾住了爸爸的手，最后两个大拇指摁在了一起，父女俩仿佛同时找回了记忆，妈妈去世后，爸爸背着小悠回家的路上，他说一辈子都会陪着小悠，小悠快乐地跟爸爸拉钩。

小悠终于同意去相亲了。

在某个港式茶餐厅内，一个长相猥琐、发型装扮奇葩的大叔深情地看着小悠，眼睛里好像随时能够喷出火，小悠则穿着简洁的西装短裙，高冷的装束，坐他对面，听他畅谈人生。

大叔说："曾经有一份真挚的爱情放在我面前，我没有珍惜，等到失去的时候才开始虐待自己，我以前也很帅的，虐啊虐啊就成了这个样子！"

小悠咧嘴笑了，看见大叔已摘下眼镜，深情地抹着眼泪，又急忙收敛住笑容，觉得对方真是个百年不遇的人才。

大叔接下去说："我每次失恋都会在自己身上做一个记号，结果就成了这样。"

他拉起右边袖子卷到上臂端，手臂上纹满刺青，黑糊糊一片，再拉左边袖子，左臂也全部纹满，辨认不出什么图案，像中了腐毒，又拉低胸前衣襟，胸口上全是，看了不禁让人想呕吐，接着又要脱上衣，打算展示一下自己肥厚的肚皮。

小悠急忙挥手："我知道我知道！你情感很丰富嘛！"她真是不想还没吃饭就吐个昏天黑地。

大叔说："每个人都有一份很沉痛的过往，其实我是一个不轻易在人面前表露悲伤的人。我听过你的故事，感动！很感动！"

小悠瞬间明白过来，老马为达目的不择手段，已将她的过去讲给这奇葩大叔听了，她几乎崩溃，隐忍着一肚子怒火，尚算淑女地、友好地结束了这次搞笑的相亲。出了门，她就忍不住打电话给老马了。

小悠骂着："马大爷！你到底有没有谱啊？给我介绍了一堆极品我就忍了！至于把我的事情跟全世界乱讲吗？别再让你那些乱七八糟的客户骚扰我，不然我见一个灭一个！听清楚了吗？"

然后她直接关机走人，愤怒得整个人要爆炸了，心里骂了老马一千遍"没谱的家伙"。她飞快地穿过淮海路往地铁去，突然路边有一家婚纱摄影店吸引了她的目光。

里面坐着一对对情侣，在店内服务员专业的介绍下，满脸幸福地翻阅着相册，摄影店的橱窗里展示着几款婚纱，黄的、蓝的、红的，当然还有白的。那白色婚纱是件抹胸长裙款，缀满蕾丝和低调的珠片，模特头上戴着白纱花环，一条长长的纱从花环上直披到地面，后面两个花童提着，一脸喜色。

小悠久久地站在那里看着，心底刻着一个名字，看来她今生再也无缘为他穿上婚纱了。她淡淡一笑，转身走了。

"杏花楼大酒店"的化妆间里，Ruby穿着洁白的婚纱坐在镜子前梳妆，款式正是小悠驻足欣赏的那款，小悠坐在她后面，满心羡慕地看着她。

这一天是Ruby和大毛的婚礼，她终于嫁给了他。

小悠感叹地说："好漂亮啊！"

Ruby对着镜子乐着，化妆师在为她的妆容做着最后的修饰，她一脸幸福地模样说："要不是你，我还没勇气走这一步呢，大毛比我还肉！"

小悠说：“其实有很多事，不管好的坏的，都得去尝试！要不然永远不知道下一步是什么。”

Ruby回头看她：“我这一步是迈出来了，那你呢？”

小悠低下头去玩Ruby上场后要抛的花球，不回答Ruby的问题，Ruby在等她，她觉得有点尴尬，站起来拍了她肩膀一下说：“你在前面等我！”

婚礼准时开始，天气很好，阳光玻璃房内热气蒸蒸，不论新人还是嘉宾，脸上都洋溢着温暖的笑容，为一对新人祝福。Ruby和大毛更不用说，尤其是大毛，笑得一直合不拢嘴，脸都快僵掉了。

婚礼司仪是个年轻的小伙子，很帅，穿了一身白西装，高声说道：“有请新郎新娘交换戒指！”

伴郎老鲁与伴娘兔子分别将黑丝绒的戒指盒打开，取出后递给新郎新娘。司仪继续说：“有请新娘将这份幸福传递下去！”

大毛将戒指戴在Ruby的手上，亲友们热情鼓掌，小孩子们跟着热闹地蹦跳起来。

新娘Ruby 站在主舞台前，背向众人准备抛花球，姐妹们个个美丽动人，在她身后激动地等待着，女孩们一起喊：“3、2、1！”新娘Ruby用力向后抛出花球，人群中一阵欢呼，结果花球被兔子抢在手里，她也愣住了，接受着大家的祝福。

众人拥着Ruby欢快地离去，大毛守护在她身边，亲友们排队和新人合影拍照，气氛热情浓郁，幸福的香氛四散开来。

小悠站在远处，高兴地看着他们，心里有静默的喜悦，Ruby和大毛终于等到了这一天，她为他们高兴。这时老马悄悄走了过来，冷不丁在她耳边说："羡慕吧？啥时候也找个人结婚啊？"

小悠翻了一个白眼，不想听他说话，老马突然从背后拿出花球递给小悠。

"跟兔子要的，不给就扣工资！就当是让你天天跟客户相亲的歉意。"老马得意地说。

小悠一脸不快，接过花球后，突然乐了起来。

"我还有个哥们儿，艺术家，特有才情！就是有一怪癖，交通工具恐惧症，去哪都得步行！他也有一个悲伤的过往，以前带女朋友旅行时出了车祸。"老马不忘见缝插针，游说小悠继续相亲之路。

小悠瞪他一眼："信不信我让你比他更悲伤？"

老马说："你说你吧，都二十六七的人了，再不嫁就得倒追男人了！"

小悠骂他："我追你大爷！"然后把花球扔给老马，气愤地走开了。

老马站在后面自言自语说："不见就不见，骂什么人呢？"

小悠最终还是决定见一见老马介绍的那个男人，但是是最后一次答应老马相亲。她想起对Ruby说过的话："很多事，不管好的坏的，都得去尝试，要不然永远不知道下一步是什么。"对别人尚且理智又清晰地劝解加怂恿，何况是自己。

人往往在劝别人时头头是道，临到自己又畏首畏尾，小悠决定打破这一传统瓶颈，向新生活再迈一步，献给老马的最后一步。

她推门走进咖啡厅，穿过室内走向室外区。

巨大的红色布伞下，一个男子穿了件黑色的外套坐在卡座上，只能看见他的侧身，身材削瘦。

小悠慌张地说："真不好意思，堵车。"

那人说："没关系！"他抬头时，小悠愣住了，原来是楼下的田博，不打不相识的近邻。眼前的田博已经刮掉胡子，修剪了头发，收拾得干干净净，从不修边幅的文艺青年一跃变成青春阳光的帅哥，小悠差点没认出来。

"是你啊？"小悠说。

两人相视，尴尬一笑。

"原来你就是老马说的那个大艺术家啊？"她说。

"特失望吧？"他自嘲地问。

"哪儿的话。"她说。

两人坐下，四目相对，有些微的小尴尬，都迅速移开了视线。田博很绅士地扬了扬手："服务员！点单！"

喝过咖啡后两人走出来，站在门外人行道上说话，气氛已经很融洽，暖风吹过来，拂在脸上柔柔的。

"今天很高兴！"田博说。

"我也挺高兴见到你的，就是……"小悠尴尬地说。

"不自然是吧？"田博接了她的话。

"太熟了，下不了手！"小悠开着玩笑，田博哈哈笑了。

田博说：“我送你回家吧？”

小悠说：“不用，我打车！”

田博拿着车钥匙，按了一下，旁边一辆06年的复古款摩托车亮着灯，车锁跳开。

小悠愣住，她像见到老朋友一样，感觉很亲切，车子被田博保养得很好，完好如新，小悠说：“你不是不敢骑车吗？老马跟我说你去哪都是步行！”

田博反问她：“你以前要死要活的，现在不也挺好的吗？”

小悠乐了：“干吗老揭我短啊？”

小悠走到摩托车边，戴上头盔便骑在车上，打火烧胎，把车子弄得轰响，田博在旁边微笑地看着她，小悠突然松闸，冲上街道去。

田博在后面喊着：“喂，你走了我怎么办？”

小悠大声喊回去：“你颠儿回去吧！”她头也不回地飞驰离去，摩托车的轰鸣由近及远渐渐消失。

田博紧追几步，停下来，将双手环成喇叭状，冲远处大喊：“我叫田博！就住你楼下啊！”

骑在摩托车上的小悠看着道路两边的梧桐树，树影婆娑叶如剪，纷纷在她身后逆光洒落，在车子的轰鸣声中，一两片叶子从树上掉落到地上，砸出一个个软韧的声音。

她的脸上露出了久违的笑容。

尾声

俊浩曾经住过的房间里，秀贞站在窗前望着前方的橄榄园发呆，她深爱的弟弟就埋葬在那里，永远地睡着了，而她也将永远守护在他身边，就像他们从未分开，他掏出俊浩的录音笔。

“姐姐，不要再埋怨小悠，一切都是我自己的决定，她是个可怜的孩子，从小就没了妈妈，我真的不能再伤害她了，早晚一天，小悠一定会去意大利的！放下吧姐姐，不要再为我难过。姐姐要带她去品尝意大利的美食，看看我长大的地方，带她到酒吧喝酒，像姐姐当初认识姐夫一样，给她找一个帅哥！姐姐，我想回家了。如果有来生，我一定会去找你，再也不会惹姐姐生气了！”

秀贞的眼泪是一条没有尽头的河流，悄无声息地流淌着，也像西西里海面上奔腾的浪花，挟带着冗长的思念。

俊浩头枕着双手，安静地躺在姐姐家的橄榄园之中，睡在一大片绿叶之上，悠然且沉静，橄榄快丰收了，青黄各异的果实在微风中摇晃。西西里恢复了往日的安静，可阳光却依然如此浓烈，穿过驳杂的树叶的缝隙，照在他的脸上，他叼着一片青草叶，无法睁开双眼。

他依晰记得西西里岛炎热的喧嚣，仿佛就在昨天，巨大轮廓的太阳如一轮埃特纳喷发出的火球，高高地挂在天顶，万里无云，一碧如洗，只剩湛蓝，太阳下的山脉和丘陵以及错落有致的木盒子似的牙白色的房子，镶嵌在崖壁之上，依山而立，浴在日温里，现出火色，好像随时可燃烧一样。

离开她多久了？久到需要重新清算他们的过往，在微风拂动之后，叶子遮住了明晃晃的阳光，他微微睁开眼睛，一切都是蓝色的，仿佛全新，连同这亲爱的世界。

白天里，陈太太的酒吧间阳光充沛、空气温润，尘埃在跳舞，工人走来走去。那面挂着俊浩的油画的墙上，忽明忽灭的LED灯管闪烁不停，像一种波光浮动的暗示，有一场盛大的爱情被遮盖在西西里的艳阳下。

有人将那画暂时取走，放在地上，错落的几条留言浮现的墙面上。

“一起喝咖啡吗？”

“Bye。”

像极了一个等待中的爱情童话。

在小悠画的笑脸正下方，多了另外一幅图，一只蠢笨可爱的熊与一个小女孩温暖相拥，女孩闭着眼睛，脸是透明的阳光色。

工人走来走去忙碌，LED灯已修好，那幅画忘记挂回墙上，工人走了，灰尘慢慢坠落到地上，砸痛了地板，房间里空无一人，静悄悄的。

“还走吗？”墙上的笨熊突然开口。

“不走了，不走了，哪也不去了！”

小女孩眼含热泪地拉起笨熊的手，随着时光流年旋转，原地跳着舞蹈。

附录：

他们，我们

何来冲动：爱是一场付出的冒险

——关锦鹏采访手记

撰稿：李肇卿　刘风华

爱是什么？塞林格说，爱是想触碰又收回的颤抖的手；村上春树说，爱是春天里打滚的小熊；张爱玲说，爱是低到尘埃里的那朵高岭之花。

而关锦鹏告诉我们，爱，是一场付出的冒险。

见到关锦鹏，是在电影《谎言西西里》主题曲MV发布会上。彼时，他身穿一件剪裁得体的黑色西装，面上带着微微的笑，神情同他熨帖的白色衬衫一样，温雅而从容。

“情感故事，不应该只发生在一男一女恋爱，结婚，再到步入家庭的这种。我觉得每一段能称得上‘爱情’的感情里，都存在两个独立的个体，为对方付出了最大的关爱、关心，甚至为对方牺牲很多东西。这样的付出，往往是最能打动我的。所以我会比较撇开性别上的，包括我们传统观念上的一些情爱观念，去表达一个爱情故事。”关锦鹏的口音里带着粤语特有的缠绵顿挫，仿佛有着一种令人平静的缱绻。

从《胭脂扣》到《红玫瑰白玫瑰》，从《阮玲玉》到《蓝宇》，再从《致我们终将逝去的青春》到《谎言西西里》，是导演关锦鹏到监制关锦鹏的转变，而不变的是他对于爱情故事的表达和认知，柔软而又沉重，总有一种近似于偏执的细腻——

特别之处：不为爱情而爱情

7月5日那天，伊朗著名导演阿巴斯与世长辞。关锦鹏很喜欢阿巴斯导演的作品《樱桃的滋味》，在得知他逝世后，悲痛之余，也跟进了他生前的一些访谈。阿巴斯在某个访谈中有提到一个让关锦鹏觉得非常赞同的观点：不同的创作者诠释同一个爱情故事，是不一样的。每个创作者都有一个自己独有的叙述方式，就像在茫茫人海、芸芸众生之中，每个人都有属于自己的一方天地。

当关锦鹏看到《谎言西西里》的剧本时，立刻被故事的特别所打动。他解释说，虽然《谎言西西里》是一个爱情故事，但是它很不一样，有别于其他浮夸的套路情节，这不是一段“为了爱情而爱情”的故事。在了解了林育贤导演准备以怎样的手法去诠释这个故事后，关锦鹏说，这会是一部很值得期待的作品。比如说，俊浩（李准基饰）对小悠（周冬雨饰）的感情是那么自然而然、水到渠成，为了让小悠能够早日从伤感的阴霾中走出来，为了自己心爱的姑娘能够拥有重新拥抱阳光的力量，俊浩没有站在明处去直接鼓励小悠，而是在她看不见的地方，用了另外一个非常窝心、非常温暖的方式去默默守护她。

她们的脆弱、温柔与强大

众所周知，关锦鹏电影里的主人公，特别是女性在对待感情上都有一些倔强、执著甚至可以说是任性。那么，在当下时代背景下创作的《谎言西西里》，男女主角对待感情的态度，是不是有一些变化呢？

可以看到的是，关锦鹏早期的一些作品，比方说《胭脂扣》、《红玫瑰白玫瑰》、《阮玲玉》，女性角色都比较强，甚至她们比电影里的男性角色强。他总结说："我觉得这可能跟我整个成长很有关系。"关锦鹏的父亲去世很早，母亲带着他们几个小孩，又要兼顾整个家庭，这让年少的关锦鹏看到了女性的坚韧。后来在关锦鹏念书时和工作后，他都会留意观察身边的女性。"所以当我想到一个女性角色，我自然而然地会塑造一个内心比较强大，不管面对感情或者面对挫败等等，都貌似很脆弱，貌似很温柔，但是她内心的强大，足以让男性角色汗颜的女性。"

开始做监制后，关锦鹏更多的是尊重导演的想法，但在其监制的电影作品中，我们仍然可以看到温柔、脆弱，而又内心强大的女性，比如《致青春》中的郑微。

对于《谎言西西里》来说，女主角小悠虽然看起来孤僻冷傲，拒人于千里之外，但她也是一个倔强到不撞南墙不回头的女孩子，她骨子里的好强和对感情的温暖，使整个故事变得立体而丰满。

关锦鹏说："其实我第一次看到剧本的时候，就觉得林育贤导演跟编剧已经在剧本上摸得很透。所以这个故事对于我来讲，也是找到了一个非常独特的角度去看这两个人的情感。"

关锦鹏相信导演和两位主演在传达角色的时候，都有一些体会——爱情有些时候不是两个人总要粘在一起，卿卿我我，爱情有些时候也不是说无限制地去向爱人索取，而是什么时候你可以放一些出来，甚至可以为对方付出一些不见得一定得到回报的东西，就像俊浩对小悠的付出，也像小悠给俊浩的回报。

爱，是一场付出的冒险

因为爱，所以愿意付出，哪怕对方不知晓。这样的感情，与其说是无怨无悔的坚守，倒不如称之为是一场"冒险"。于关锦鹏而言，感情观如是，电影观亦如是。

近一两年，国产电影市场上真正叫好又卖座的爱情电影少之又少，很多可能票房不错，但很难有震撼人心的故事给观众留下深刻印象，那么擅长拍摄爱情电影的关锦鹏如何看待这种现象？毫无疑问，面对如此的行业情景，每个电影从业者都心思忧虑，关锦鹏觉得，首先要反思，而不是埋怨观众说他们不爱看爱情电影了。"我个人感觉到的是，爱情电影正是需要让观众能明白那个人物，能了解他们的情感从何而来，为什么要放手，为什么大家要互相伤害，有关爱情和爱情故事，我觉得要反思一下过去这两三年，有没有特别好的中国爱情电影出现过。为什么过去，在不同时代都有很经典的爱情电影出来呢？那个年代，可能其他的类型电影、其他的商业电影还是充满了那个市场，为什么会走出几部非常经典的爱情电影？譬如说《罗密欧与朱丽叶》。”

就算是拍出了许多部经典的爱情电影，蜚声国际影坛的导演，时至今日，关锦鹏依然对爱情电影表现出浓厚的兴趣。在他看来，爱情电影是常拍常新的，每个时代都有他们动人的爱情故事，如何表现出来，让观众感受到真诚，这些是电影从业者必须要思考的地方。

早些年，关锦鹏的两部电影《愈快乐愈堕落》和《地下情》都是在台湾取景，由此跟台湾新电影圈的导演们建立了深厚的友谊，也认识了林育贤导演，这才有了后来《谎言西西里》的“关林组合”。

许多人都好奇监制在一部电影中所发挥的作用，有着多部电影监制经验的关锦鹏很严谨地表示，自己这趟来当林育贤导演的监制，并不是说要以监制和前辈的身份告诉林育贤电影一定要怎样做，而是在整个拍摄过程当中大家会有很多的交流与讨论。甚至有些时候，关锦鹏提出来的意见不见得一定要林育贤接受。“我反而愿意听一个比我小十来二十岁的人，他面对这样一个故事、这样一个场景，他有什么不一样的想法，是跟我这个岁数的人不一样的，我觉得这是一件很有趣的事。”

从耀眼整个华人电影圈的大师级导演，到如今不断扶持新人的金牌监制，关锦鹏一直低调且从容，就像他电影作品中的那些女性，温柔、真诚，又强大到令人不容置疑。

为自己心中所爱去奔波、奋斗，不管是为了所爱之人，还是所爱之物，爱本就是一场有关付出的冒险。这是采访关锦鹏导演后最大的感受。

在这场冲动的冒险中，我们披星戴月，斩断荆棘，就算跌倒了也要爬起来揉揉膝盖，继续向前走。也许我们会收获无与伦比的满足与幸福，也许我们也会得到满心的痛苦和迷茫。但爱之所以迷人，应该就是因为它是这样带着一点赌博意味的冒险吧。

愿在这场冒险中，我们都能像俊浩和小悠一样，即使失去过，也曾得到过，就算有悲，亦有喜，就算倾其所有去赌一场不知输赢的冒险，也永远纯真，永远义无反顾。

他和他追逐的梦

——对话凤凰传奇影业总裁、《谎言西西里》出品人、总制片人蒋浩

撰稿：王雁雁　刘风华

2015年6月15日，上海外滩3号公馆，“凤凰之夜”新片发布会上，凤凰传奇影业总裁蒋浩携著名导演关锦鹏、“金马”导演林育贤、韩国知名导演赵珍奎、编剧束焕及王国光等众多顶级导演、编剧集体亮相，高调宣布凤凰传奇影业布局“艺术+商业”电影版图的雄心。

一年过去了，“艺术+商业”电影版图的第一部作品《谎言西西里》终于要在2016年的七夕情人节亮相大银幕，等待观众的检验和共鸣。日前，笔者采访了这部电影的幕后大BOSS蒋浩，听他讲述他与“西西里”的故事，还有他和他追逐的电影梦。

Q：作为凤凰传奇影业“艺术+商业”电影版图的第一部作品，为

什么没有选择一个热门IP进行改编，而是选择了一个原创的剧本？

蒋浩：这个问题我觉得很简单，我认为拍电影最核心的，还是剧本，IP只是电影剧本的来源之一，IP和电影剧本之间，还是有着巨大的差距。把一个成熟或者说热门的IP改编成一个好的剧本，是当下比较保险的一种做法，但不是唯一的做法。拍电影应该是有好的剧本才开始拍电影，而不是仅仅有一个已经成熟或者热门的IP，你就能够拍出一部好的电影。

Q：在运作《谎言西西里》的过程中，您觉得最具挑战性的环节是什么？

蒋浩：我觉得每个环节都具有挑战性！我个人认为，因为这部电影对我们来讲，是从头到尾整个抓的第一部电影，每个环节都是我们亲自去抓，每个环节都具有挑战性。没有一个环节没有挑战的。

Q：能谈一谈团队搭建吗？跨国团队是怎么组建起来的？

蒋浩：我想说的是，跨国团队不是我们刻意造成的，而是自然形成的。其次，当时我们的局面是这样的：我去请关锦鹏导演，然后我们再把林育贤导演从台北“骗”到北京来，形成了我们从制片人到导演到监制的一个体系。因为导演是台湾人，监制是香港人，再加上我们是祖国大陆的公司，光我们三个就是一个跨地区的组合，后来确定电影的男主是一个韩国男孩，这种设置就自然而然地奠定了跨国团队搭建的基础。

Q：那跨国团队如果产生分歧会怎么解决？

蒋浩：分歧肯定是有的，但大家最统一的一点，就是：都想做一部好电影。监制、导演和制片公司，代表了三个地区，这三个地区对于电影如何定位、后期剪辑，以及音乐的处理上面，都产生过很多分歧。讲一个最简单例子，比如，在包括音乐基调的处理上面，台湾的导演更加喜欢小清新点的风格，像水墨画一样层层渲染。但我们这边的风格，可能希望是简单直接的。这一点上面，我们跟包括台湾的发行公司都沟通过，发现差异是很大的。还有后期剪辑、片名，我们几方的争议都非常大。但从职业化的角度来说，不管是香港的关导，还是台湾的喵导，还是我们这边的制片方，我们都能接受的一点是，这个片子在什么地方上映，就要更尊重这个地方的市场和审美习惯。

Q：这部电影是林育贤导演在祖国大陆接拍的第一部电影，与他之前的代表作《翻滚吧！阿信》风格差别较大，您是如何选定林导的？

蒋浩：林育贤导演是我们到台湾选了很久才选出来的，台湾有很多艺术新潮的青年导演，我们在发掘的过程中，总结了几种类型：第一种是过于抢先性，跟我们这边的风格不一样，完全统一不了；第二种呢，就是过于台湾本土化，对祖国大陆的文化，以及生活，方方面面，沟通起来难一点。林育贤是在这两种情况中PK出来的我们认为非常合适的人选，再加上关锦鹏导演的推荐和保驾护航，就不存在问题了。

《谎言西西里》这种暖心电影，也是属于林导擅长的一个题材范围，但在故事架构上，《谎言西西里》对林导的挑战更大。因为，《翻滚吧！阿信》是他根据自己哥哥的故事来创作的，讲的是发生在他身边的事情。某种程度上来说，《谎言西西里》是他真正意义上创作的第一部影片。

Q：在此之前，凤凰传奇投拍过不少耳熟能详的电视剧，如今又有《谎言西西里》这样的院线电影，能谈谈公司在内容生产方面的定位吗？

蒋浩：我们对自己的定位是影视节目内容提供商，我们对各种平台都愿意尝试。目前出现的几个比较知名的影视公司，都是在发展过程中知名起来的。我个人认为，现在一些传统的电视剧公司，在电影上面发展得也很好，也有一些传统的电影公司在往电视剧方面拓展，这种情况并不代表最终的格局。我认为，影视公司最终能呈现几大公司的格局，肯定是综合型的公司。电视剧、电影、电视节目，包括网剧，都会做，而不会是这家是电视剧公司，那家是电影公司，还有一家是网剧公司。

没有风格就是一种自己的风格，有些公司快速发展的时候，急于确定自己的风格，并不是一件好的事情。有很多风格都是自然形成的，不是人为可以控制的，这个行业在发展，如果只是在发展起步阶段就急于确定自己的风格的话，对于一个公司来讲，肯定不是一件好的事情。

Q：能谈谈您理解的文艺电影和商业电影吗？

蒋浩：在《谎言西西里》之后，我们会启动根据畅销书改编的《藏地白皮书》，还有根据三毛爱情故事改编的《撒哈拉》。我跟关锦鹏导演聊过，我们要拍什么样的电影，我们提出“偏文艺的商业电影”这样的概念，这可能是我们几部片子的定位。我们既不是纯艺术的电影，也不是纯商业的电影，而是偏文艺的商业电影。

为什么会出现这种定位？第一，跟我本人以前的经历有关，本来我自己就是学艺术的，然后投身影视，和关导的定位，和喵导的定位，会有自然而然的共通之处。其次，从目前的电影市场来看，在四五月份，有一些下滑，我觉得是在释放一个信号，那些简单粗暴型的、依靠大IP的所谓的纯商业片，已经是受到一定的影响和冲击了。观众的审美需求越来越高，你再想采取最简单粗暴的炒作IP的方式来博取很高的票房，已经证明是行不通的了。我希望我们对于电影的定位，能真正符合观众和市场的需求，我也相信好的故事和故事中折射出来的情怀是观众真正需要看到的，也是我们作为电影人的一份责任感。

Q：作为电影人，能谈谈您的电影梦想吗？

蒋浩：关导曾经问过我，为什么要拍电影的时候，我是这样回答的，我们拍电影，就要拍一些像关导拍过的电影那样，比如《胭脂扣》、《阮玲玉》，十年之后、二十年、三十年之后，甚至更久，都可以经受得起时间的考验，任何一个年龄段都会看，每次看都会有不同的感悟、有新的想法。我想，如果我能做出这样的作品来，是我的终极目标。但具体到现在的每一部作品，我都完全就是跟着感觉走，所以我需要在电影这条路上更加勤奋。

我认为影视公司，首先应该是有艺术气息的商业公司，这跟我们电影的定位是一样的。如果只是把影视公司当作纯粹的商业公司来开，肯定是开不久的。当然了，如果开影视公司只是一味追求所谓艺术气息，把商业属性去掉的话，也走不长。所以，我经营影视公司跟我们做的影片的定位是一致的，做文艺的商业公司。

好的文艺片，肯定是商业片。因为，好的文艺片，肯定很多人会喜欢，当然要排除那种只考虑创作者个人感受的影片，个人诉求太强烈，不考虑受众的感受，最终是获得不了共鸣的。

蒋浩在接受我们的访问最后，用“嫁女儿”来形容等待电影上映的心情，但他又觉得跟嫁女儿不同的是，嫁女儿的话，很多情景和因素是可以控制和预见的，比如已经知道女婿长什么样、是个什么性格的人，心里多多少少有个数。

但是电影，它一走向市场的话，是完全不可控的，你不知道它的结果到底会怎么样。蒋浩总结这种状态叫“不可捉摸性”，他喜欢这个“不可捉摸”的行业，喜欢接受“不可捉摸”的挑战，他喜欢做电影。

背起行囊，城市已在远方

——专访导演林育贤

撰稿：王雁雁

采访林育贤导演，约在颐堤港旁边的东隅酒店二楼的咖啡厅。午后的阳光透过落地窗照射进来，温暖、闲适。导演一边吃着晚午饭（我们见面已是两点多），一边接受我的采访。相比几个月前在《谎言西西里》拍摄现场见到的忙得顾不得跟你说上半句话的他，这一次的林育贤要轻松许多——毕竟杀青，后期制作也基本完成，虽然后面一定还有宣传路演，至少当下，神经不用绷得很紧。

于是，他给我娓娓道来关于《谎言西西里》背后的故事，只是我没有想到，这样一部文艺小清新的电影故事背后，是一个台湾导演“北漂”的故事——

北漂了两年，我一定要拿下这部电影

林育贤导演说，他感谢《康熙来了》让内地的朋友知道了他。这位台湾导演2011年拍摄的《翻滚吧！阿信》，除了让观众见识到了彭于晏超棒的身材，这部电影也成了林育贤的成名作，从此绰号林阿喵、坊间人称喵导的70后导演被更多的人关注。

喵导说话语气慢条斯理，架着一副圆框眼镜，文质彬彬的，他是我接触过的导演中说话语速最平缓的一个。这样一个看上去很有学者气息的人，置身象牙塔内，我倒觉得挺符合他的气质，而他却是拍了一部热血青春的《翻滚吧！阿信》，又从台湾“翻滚”到了北京。

2012年，台湾导演林育贤到内地发展，成为凤凰传奇影业的签约导演。在大多数人眼中，导演必定是风光的职业，何况曾经执导的《翻滚吧！阿信》名噪一时，怎么也是有一部漂亮的代表作的导演，来内地发展理应顺风顺水，没准能做出一番大事业。

或许林育贤也是这样想的，他初来北京，就将目光锁定了一本很受年轻人追捧的畅销小说——某种程度上说，畅销小说改编成的电影，票房肯定是有一定的保证。林育贤围绕这部小说改编电影的工作热火朝天地进行了好一阵子，事与愿违的是，后来由于种种原因，他与这个项目遗憾分手。这次经历，让林育贤明白，从台湾“翻滚”到内地不难，但要真正融入其中，并非易事。内地市场很大，竞争也激烈，还有到一个陌生环境必须面对的各种复杂的人际关系，这些让林育贤开始用“北漂”来形容进军内地的自己。

内地好的畅销小说并非只有一本，2013年底，林育贤发现了《藏地白皮书》。书中傅真与铭基的故事被誉为“爱情圣经”。“十年间，从雅鲁藏布江到泰晤士河，从伦敦到青岛，从香港到南昌，他们并肩走天涯，看尽长安花”——光看这部小说的宣传语，就足以吸引很多文艺青年的眼球。事实上，这本书的销量也很可观，也具有改编成电影的基因，可是，老天又给林育贤出了难题：拍摄必须要选在西藏，西藏可不是一年365天天天可以进入的地方，必须要等到适合进藏的季节，还有就是林育贤选定的男演员档期问题，必须要等。

等等等等等，这似乎成了林育贤“翻滚”到内地的常态。本想着来内地大展拳脚，却是在等待中度过。2014年8月，一直很提携年轻导演的关锦鹏拿来一部叫《西西里艳阳下》（后更名为《谎言西西里》）的剧本给林育贤。关导问林育贤拍不拍这个电影，当然拍，“北漂”两年，不能一事无成！但是——这个剧本是个半成品，需要修改，不确定能不能修改好。还有一个迫在眉睫的难题是——演员问题和跨国团队的组建问题。因为故事中男主角俊浩的人物设定是韩国人，根据通篇故事情节和人物台词来看，男主角必须是韩国人。林育贤说，俊浩的人物设定是一个暖男，对女主角小悠关怀备至，又有很多非常煽情的、形容词很多的情话，这些情话用韩语说出来，无论是内容还是语调都会很温暖且顺理成章，但若是用中文说出来，会觉得有点别扭。就比如韩国人心情好的时候，看到和煦的阳光，会说“今天的阳光很像四月的春天”，但是中国人平日里是很少这样表达的。说到这里，林育贤觉得爱情片为什么是韩剧的主要题材，应该也是与韩语的表达方式有一定的关系。

既然，男主角必须是韩国人，改又改不得，寻找韩国男演员和组建跨国团队，就是怎么绕都绕不过去的挑战了，何况还得修改剧本，剧本改不好，自然也不能拍。另外，上述挑战必须在2014年年底前搞定，年底必须开机！

《翻滚吧！阿信》中有一句话，想哭的时候只要倒立，眼泪就不会流出来。只是面对重重难题的林育贤可能连想哭的时间都没有，他说："我当时只有一个信念，北漂了两年，我一定要拿下这部电影。"

他开始与编剧胡蓉蓉一起磨合剧本，本来故事是单纯的女主角视角到男主角视角，两人头脑风暴，在原先故事上加入了第三个人的视角，于是这部电影成了一个"三层楼的故事"，即在一栋三层楼的房子里，因为得不治之症谎称自己已去世的男主角俊浩（李准基饰）其实就住在女主角小悠（周冬雨饰）的楼上，一直默默关心帮助着小悠，希望可以让小悠一点点放下失去爱人的伤痛开始新的生活。而这一切又被同样住在这栋楼里的男二号（阮经天饰）看在眼里，并也帮助小悠开始新生。

这是一个关于"放下"的故事，剧本修改得很顺利，在10月份定稿，林育贤也在两年的"北漂"生涯中，渐渐"放下"过去的自己，正式开始了在北京做导演的日子。

人生就是电影，处处有惊喜

当你充满正向能量，你会发现不管再多的困难，事态都会朝着你想要的方向前进。2014年10月，这部电影拍摄筹备工作计入倒计时状态，只是这个倒计时状态包括了男女主角的扮演者都没确定。对于一部原创故事的电影，既然故事本身是没有粉丝基础的，要想在竞争激烈的票房大战中生存下来，男女一号人选至关重要。

林育贤和投资方凤凰传奇影业把二十五岁到三十岁的当红韩国男演员都扫了一遍，男演员名单包括了都教授金秀贤，还有人气小鲜肉李钟硕，但都因为档期问题失之交臂，最终林育贤和资方了解到李准基似乎有档期和意愿合作。

李准基因为《我的女孩》、《王的男人》，进入中国观众视野，虽然他的年龄不是90后小鲜肉的级别，但是他本人有来中国发展的意愿。林育贤和关锦鹏导演第一时间到韩国与李准基见了一面，关导主要是陪同林育贤看看《王的男人》中阴柔扮相深入人心的李准基如今是个什么样。见面后，两人都觉得如今的李准基非常阳光英俊，本人又很谦和，很符合男主角俊浩的气质。

回北京不久，林育贤很快就拉着编剧胡蓉蓉一起又去了趟韩国，这一次是跟李准基聊角色。面对不远万里、如此真诚来邀约的林育贤导演，李准基还是表达出自己的顾虑：他希望通过演动作片来进军中国市场，之前的《王的男人》太深入人心，李准基不想被贴上之前角色的标签，他希望通过跟之前角色反差大的形象来重塑自己。这个时候已经是11月份了，李准基的犹豫不决，形成的连锁反应就是，男演员确定不下来，女演员也很难确定。林育贤和资方拉出的女演员名单中自然不乏Angelbaby这样的当红小花旦，但不是档期问题，就是女演员要首先看看男演员是谁才决定是否出演。

11月中旬，林育贤第三次到韩国拜访李准基，真可谓三顾茅庐。只是在这次韩国之行之前，用林育贤自己的话说，就是给李准基写了一封“感人又恶心”的邮件。在邮件中，林育贤诚恳地描述了自己“北漂”的心情，他鼓励李准基对于他即将要开始的“南漂”（从韩国到北京算是“南漂”）生活不用过于担忧，电影中的俊浩虽不是硬汉形象，但是暖男形象的角色也同样可以打开中国市场，让中国观众喜爱。

这样一封“感人又恶心”的邮件，或许是林育贤内心释放的一次出口，从台北来北京，经历的所有的辛酸苦辣，在写这一封信的时候，全部涌上心头。偌大的北京，看上去商机无限，却似乎总跟自己无缘，或者稍微有些转机，却为什么忽远忽近地游离于自己？

这一次，对于林育贤来说，是破釜沉舟的尝试，成了就成了，不成就是命运吧，只能说明北京与自己无缘，这个看上去已经“淡定”了两年的男人，终于觉得自己HOLD不住“淡定”这两个字，他说他是抱着“必死”的心写了这封邮件。

“人生就是电影，处处有惊喜。”这也是林育贤对于人生的总结，上天终究会眷顾怀有赤诚之心的人。“感人又恶心”的邮件打动了李准基，很快，两人在韩国又一次见面。这一次见面，两人把酒言欢，林育贤不胜李准基的好酒量，但李准基将他的中国电影首秀交给了林育贤。

李准基敲定下来后，女主角也很快确定了周冬雨。对于周冬雨来说，这部电影也有属于她的第一次，那就是女主角小悠的性格特征，也打破了周冬雨之前角色中一贯的乖乖女风格。所以，对于男主角、女主角，都有了属于他们的“第一次”。当然，对于导演林育贤来说，这部电影肯定也有他的“第一次”，前面所述的经历，自不用说，带给他一次又一次的“第一次”，而最大的“第一次”恐怕就是——林育贤在内地执导的第一部电影便是一次跨国团队的合作。

不后悔来北京，内地给了我更大的空间

李准基和周冬雨确定后，一直没有签约但是始终支持林育贤的剧组人员也陆续就位。男女主角这样的难题搞定后，找景这样的事也就不算什么难事了。

每个导演的心中都有自己向往的场景，上海是林育贤一直很向往的地方。他说，上海某些地方很像台北，这让他从心理上更容易形成认同感，另外，上海很小资，尤其是老法租界区。

但是，他不想拍一个大家看惯了的上海，他要拍他心目中的上海，充满文艺气息和生活质感的上海。从李准基同意合作之后，林育贤似乎就转运了一样，剧本中描述的能让男主、女主、男二同住一栋楼的三层楼建筑并不费力地被剧组搞定，还真的就被他们遇到了适合拍摄的，又符合角色身份的三层楼建筑，这栋楼上个月刚退租，恰好可以给剧组用来做主场景。

一切准备就绪，终于在2014年12月份开机，一次跨国团队的合作拉开帷幕。林育贤说，现场虽然交织着汉语、粤语、英语、韩语、意大利语，但是语言不是问题，他觉得电影拍摄不要语言，靠镜头、靠心。

现场的工作人员和演员或许不能马上听懂导演的语言，但是合作下来，也能通过导演的脚步声知道这场戏过了没有，若是脚步声比较轻快，说明过了，若是听到马丁靴“哐哐哐”凝重的声音，就知道还得来一条。

林育贤不太会在现场发火，但是他会表明自己的标准，他会告诉剧组成员，这是一次跨国团队的合作，可不好混，不同国家的人在一起，谁认真谁不认真，一目了然，但是谁好意思自己不认真而让别的国家的同行觉得说，哎呀，来自哪个国家的谁谁不够敬业呢！

说到敬业和专业，林育贤尤其对意大利方赞赏有加。他说，意大利方的推轨手可以推出风一样的感觉，可见其专业程度，他们不会因为推轨手看上去是剧组中比较边缘的角色，就觉得地位低，而是会因为自己的专业而感到自豪，这样愿意做平凡的事，但又能把平凡的事做到不平凡的精神，深深打动着林育贤。

跨国合作除了能跟各国同行切磋技艺，在与演员磨合上也给导演很好的锻炼。李准基和周冬雨语言上不统一，林育贤并没有让李准基要说中文，或者两人都用英语对话，或是后期用配音，而是他们各自用各自语言，当然因为女主角小悠是韩语毕业的学生，所以小悠会时不时说点韩语。为了消除初次合作又是来自两个国家的周冬雨与李准基的尴尬，林育贤在两人的第一场戏就让他们开始吻戏，而这吻戏，竟然是周冬雨的银幕初吻！

整个拍摄非常顺利，一个月时间杀青。拍摄期间，可以看到林育贤的新浪微博上几乎天天都有来自现场的花絮照片。我本以为林育贤会不会是一个爱刷微博的人，但拍摄结束后，就明显看到他的微博更新量锐减，显然，他对于这部电影格外用心，希望从拍摄起就维持着粉丝们关注的热度。另一方面，林育贤说，他非常感谢剧组里每一个人，尤其是在他不确定是不是能说服李准基出演男主角时，剧组同仁对他的不离不弃。电影出来后，观众记住的是演员和导演，他希望通过自己力所能及的方式让观众也能认识摄像、收音、美术、道具等等每一个工种。

这样一个心思细腻、懂得感恩的人，才能在逆境时愿意坚持，把遇到的一切当作生活赐予自己的财富。我问林育贤，虽然《谎言西西里》几经折腾还是顺利拍摄，但毕竟他的“北漂”还是各种不易，未来也不知道还会发生什么，后悔来北京吗？

林育贤微笑着说，不后悔啊，因为来了北京，才有可能参与到跨国合作，才有可能接触到更多优秀的人，内地有更大的空间、更多的机会。

《谎言西西里》讲的是一个关于“放下”的故事，故事核心虽然关于爱情，但“放下”这个词岂止适用于爱情，也适用于“放下”之前光环进军中国市场的李准基，适用于“放下”乖乖女标签挑战别样角色的周冬雨，当然也适用从台北“翻滚”到北京做“北漂”的林育贤。

背起行囊，城市已在远方，林育贤说，二十岁，从宜兰到台北，四十岁，从台北到北京，每一次都在“放下”后再出发，对于一个导演来说，一台电脑，一只行李箱，故事在哪，我就在哪。

祝福你，喵导。

因为不完美，我们更需要相互取暖

——编剧胡蓉蓉与小说著者李米苏的相遇

撰稿：李米苏

胡蓉蓉与李米苏的会面情景，据事后两人回忆，带了点黑色幽默。

那是个晴朗的早晨，原本米苏眼中的蓉蓉该是短衣短裙、性情爽朗，或者随手夹着一支细长的女士香烟，认为该有这种画面才贴合他脑海中的想象，她或者与电影中的小悠一样，偏执且任性。

他从电话里听到过她清脆的声音，如滴落在碧水中的雨珠，叮叮当当脆生生响，可眼见着一袭白褶纱裙飘进咖啡店里，米苏还是没能及时反应过来。

“你好。”蓉蓉款款入座，落落大方地同米苏打招呼，她额前的碎发随风荡漾。

米苏突然愣了一下神，随即认出她便是编剧胡蓉蓉。

一问方知蓉蓉是扬州姑娘，怪不得带着水乡女子特有的婉约和善，是米苏不曾想过的。于是，他们叫了咖啡，坐在靠近苏州河的一间飘着花香和书香的小店里，虽是初见，却感觉十分熟稔，自然而然地聊起关于这部电影，以及爱和温暖的一些话题。

“初次见面哦。”蓉蓉说，“感觉你并不陌生。”米苏点头，表示认同。

身穿绛红色马甲的年轻侍者端来两杯咖啡，蓉蓉美式，米苏拿铁。

“电影终于要上映了。”米苏说。

“是啊，小说也快发行了。”蓉蓉配合着他，端起咖啡，先自饮了一口。

“其实我觉得你的性格应该更像小悠一些。”他说。

“为什么？”蓉蓉放下白色的杯子，认真地看着他。

“电影里的小悠是非常执着的性格，说白了有点固执，我觉得你应该也是这种性格，才能写得那么入木三分。”他说。

蓉蓉笑起来：“这部戏原本是一个命题作文。”

“命题作文？好有趣的比喻。”米苏交叠着双臂，等待蓉蓉说下去。

她说：“其实资方曾希望做一个治愈系的爱情电影，并且给我提供了参考电影《P. S. I Love You》，我个人很喜欢这部电影，但也给我增加很多困扰，因为男主角在电影开始便死掉了，这样的起点注定这个电影是一个讲述女性成长，并关注她们如何走出情伤的故事，当然也注定了这个故事我们需要一个男神。”

“因此想到了请李准基来诠释朴俊浩这个角色吗？”米苏问。

“李准基主要是导演定的，我和演员接触不多，觉得他和冬雨都很亲切，李准基生活中就是一个大男孩，走到哪里都很受欢迎，也非常敬业。”蓉蓉说。

“周冬雨呢？”

“感觉她也是那类忠于自我感受的女生，非常本真，她演活了我心中的小悠。”

“嗯，我在拿到这个‘任务’的时候，当然就是你写的剧本时，仔细揣摩小悠的角色定位和她的心理活动，听说是周冬雨来演，我觉得她完全可以演出小悠的那种倔强，跟她在《山楂树之恋》的感觉很像，当然《谎言西西里》更年轻和时尚，更贴近我们的生活。”米苏说，“我非常期待这部电影上映。”

“我也是，非常期待看到观众的反应，希望不要挨骂。”

“那会有续集吗？”

“观众说了算。”蓉蓉笑了起来。

“吃点甜点。”米苏说，“这家的蓝莓蛋糕非常好吃，还有栗子蛋糕。你怕酸吗？”

“不怕，那尝尝蓝莓好啦。”蓉蓉说。

米苏招手叫过服务生，点了两种蛋糕。在他们近旁坐着几位大学生模样的男女，轻声笑语传来，浅浅低低，有人鼓掌，店里的顾客望过去，一个穿明黄色纱裙的少女走到白色钢琴旁，款款落座，紧接着一段李闰珉的《雨的记忆》从她柔纤的指尖滑出，顿时，整间店内仿佛下起了绵绵春雨。

“这是你的第几部电影剧本？”蓉蓉听得入了神，突然被米苏叫住。

“如果不算电视，电影的话，这是我的第二部电影剧本。第一部是跟方刚亮导演合作的《老家新家》，关于三峡移民的生活喜剧，颜丙燕、李伯清主演，可惜没有进院线。”蓉蓉说。

“我很喜欢颜丙燕，她的《万箭穿心》我非常喜欢。”米苏说，“那在拍摄《谎言西西里》时，你有全程参与吗，还是偶尔探班？”

“我确实很想参与，可惜家里孩子还小，只去过一两次。”她说。

“你有一个儿子，很可爱，我在你朋友圈里看到过。”米苏说。

“是，是，非常调皮。”说到儿子，蓉蓉还是难掩心中的欢喜，母性的光辉和爱泽瞬间流露。

“和喵导沟通得怎么样？”米苏笑着问。

“喵导是台湾人，个性细腻温柔，即使他的意见很笃定，也会用商量的语气和你探讨，非常有包容心。和他沟通得非常顺畅和愉快，我们都是金牛座，很多问题一两句沟通就秒懂，喵导有很强大的直觉，在我遇到创作瓶颈的时候给予了非常大的鼓励和肯定，最终确定了故事双视角的结构方向。当然金牛的头上也有角，遇到分歧还是会有争执。不过到了剧本定稿的那一刻，一切都交给喵导了。”蓉蓉品尝了一口服务员刚端上来的蓝莓蛋糕说，“嗯，这味道真不错。”

这时，轻微的太阳西斜，一道灿眼金光从远天直直射打下来，照得半边咖啡店浓黄黄的亮，周围起了一圈藕色薄暮，带点糖香，有如印度神庙的光辉夺眼。

他们看向窗外。

“阳光真好。”米苏突然问，“有点西西里艳阳下的感觉吗？”

蓉蓉说：“意大利我是第一次去，完全惊艳，海边的小镇连天光都是那么迷人，感觉那里的暖阳确实能治愈人心。”

“我没去过，有机会一定要去看看。”米苏吃了一口蛋糕。

“那你怎么将小说写得那么精彩？”

“当然通过更多的文字和影像，还有就是通读剧本N遍。”米苏说，“而且感觉上，那种天高云淡的风味特别像我的家乡。”

“在哪里？”

“塞北平原，一望无垠的广袤的黑土地。”米苏说，“我是东北人，十六岁以前我生活在那里，那里风景优美、气候宜人，夜晚满天星辰，就像小悠和秀贞躺在西西里的屋顶上所看到的。”

“你的家乡很冷吧？”蓉蓉说，“南方人无法想象。”

“也还好，如今全球气候变暖，北方的冬天也不像以前了。”米苏问她，“你喜欢上海吗？”

“嗯，很喜欢，上海很小资。”

“电影中的上海几乎都是冬天。”米苏说，“西西里都是盛夏。”

“对，上海冬季的现实感，融合西西里暖阳的治愈系，一个生命在慢慢消逝。”蓉蓉说，“我想表现的是一场退出的爱情。”

“故事带着文艺标签，一场假死之后，俊浩悄悄回到上海，住在小悠楼上，陪伴着她。”米苏说，“看到那一段，确实有点心疼。”

“的确，俊浩用最无情的方式，做最深情的守护。”蓉蓉说，“也许这就是最好的安排吧，让他们隔着一道墙，抚慰彼此的创痛，我想换一种方式表达直面人生惨剧的故事，再跳脱一点，他们只是换一种方式谈恋爱，谈生死。”

“用一句流行语说‘太虐心’了吧。”米苏说完，两个人都笑了。

“电影和文学一样，都是艺术，艺术是来源于生活，但却是一种升华。”蓉蓉说，“你是作家，我想一定可以懂。”

“实话说，我还专门去了五原路上海部分取景地实地考察过。”米苏说，“写小说的时候可能更加感同身受，写出意境。”

“是的，喵导选择比较接地气的五原路小洋楼作主场景，也是考虑到没有过多的奢华和距离感，影像出来感觉很真实和温暖，会更让人相信这是一对平凡的情侣，他们过着温馨的小日子，他们的烦恼和甜蜜与我们一样真实。”蓉蓉说。

“就像发生在我们身边的故事。”米苏说，“我和我的很多朋友，刚来上海的时候都是蜗居在老弄堂里，木制的塔楼，楼梯直直上去，很费力，别人的脚就在你的头顶，上海的老房子都很小。”

“我们就需要这种认同感。”蓉蓉说，“剧中的小悠，电影放大了她的虚张声势、脆弱和倔强，但因为我们在旁观自己的故事，那些人性的缺憾有了审美的价值。”

“我完全认同。”米苏说，“小说也一样，虽然有时候看起来文字啰嗦很多，不似电影的简洁，但读完之后才能明白，它是在一个主题附近漫步，时走时跑了，但始终围绕一个圈子，而电影则在圈子中心。”

“我们在生活中的人性缺陷，被放大到了电影银幕上，反而因为旁观和距离，有了审美的价值和共生的悲悯感，也许这就是电影的魅力所在。”蓉蓉说。

“觉得电影更符合哪个年龄段的观众群体？”米苏问她。

她想了一下说：“年龄段说不好，但感觉可能更适合有过失恋经历的年轻人来观看。比如刚刚从大学毕业，参加工作一两年，有压力有挫折但也有希望，受过一些打击，仍对未来仍充满信心，他们可能更会感同身受剧中人物的迷惘和青涩，又有些许成熟的感悟，能够自我修复和治愈。”

“我们都在生活中慢慢成长。”米苏说。

“成长必须经历阵痛，成熟必须放过创伤。”蓉蓉说。

太阳已经落山，躲躲藏藏的，天边出现一抹蓝橘色的光晕，层层叠叠扯了半座城。城市里已是华灯初上、万家灯火，街上出现一列列闪着尾灯的车流，如一条条金龙汇聚缓慢游走，城市突然变成一座迁徙的森林。行人急匆匆前往各自的目的地，脚挨着脚，头碰着头，一个停步，众人前倾。庞大的白色公交车内，人塞得像沙丁鱼罐头。

“你知道我会写一篇我们的对谈收入书中。”米苏说，“对读者朋友们说几句话吧。”

“嗯，当然要谢谢大家有耐心看完这个故事，很多时候我感觉自己像小悠一样虚张声势，也像俊浩一样吊儿郎当和不靠谱，但正因为这些不完美，我们更需要相互取暖。最后，祝大家都能够相信爱情，相信美好，相信那些为了爱奋不顾身的人们。”

“我喜欢‘正因为这些不完美，我们更需要相互取暖’这句话，我会如实写进书里哦。”米苏放下小勺子，看着蓉蓉。

“包括我爱吃蓝莓口味的蛋糕吗？”蓉蓉调皮地问。

“当然。”米苏得意地笑了。

告别，是去遇见下一个自己

——专访摄影指导金荣浩

采访翻译：李相赫（韩）
撰稿：李浩颢

北京六月，空气中初夏的味道清透而爽朗。

望京，曾经满目沧田的地区，如今已成为北京最大的韩国人聚集地。

上海，多少往事如梦，无数个精彩人生，每一秒都在上演。

西西里岛，亚平宁半岛西南，意大利的美丽之源，等待那个可以捕捉她“最美”的人。

韩国，首尔，金荣浩的家乡。

要找到金荣浩的坐标不容易。这位毕业于韩国中央大学摄影专业及美国旧金山艺术大学电影电视专业硕士的电影人，曾经作为摄影指导拍摄过《海云台》《摩天楼》《海盗》等多部韩国标杆性的商业电影，这些电影都是充斥宏大场面与复杂特效的灾难片和动作片。而转战中国电影市场后，金荣浩则接拍了多部爱情电影，刚刚完成的就是这部“西西里”。从作品风格推及金荣浩的个性风格，似乎是个难题。在见到金荣浩本人之前，无论你怎样想象，应该也不会和现实中这个穿着POLO衫、脚踏运动鞋、身背双肩书包、留着韩式微卷发的“阿加西（大叔）”联系在一起。他一开口便是标准的中文“你好”，眯缝着笑眼，露齿微笑，主动伸手打招呼并伴着谦逊的鞠躬，如此一位“萌叔”的形象一下子消解了异国人之间初次见面的陌生与尴尬，反倒让人觉得暖暖的亲切。和金荣浩的访谈地点是望京的一家韩式咖啡店，金荣浩不用看餐单，就用中文向服务员点了一杯美式冰咖啡，看得出，这家店他经常光顾。“我住的地方就在这附近。”轻啜一口咖啡，他依然微笑着说，“北京的家在望京。”

心有灵犀一点通

从1999年第一次来中国拍戏，到现在已经在中国拍摄了四部电影，金荣浩回忆说：“我在中国断断续续工作生活也有三年了。”巧的是，《谎言西西里》恰好是他从业以来拍摄的第二十部电影，也是最特别的一次体验。“这次拍摄，演员有韩国的李准基和中国的周冬雨，导演是台湾的林育贤导演，我这个摄影团队是韩国的，马来西亚的江汉林先生是美术指导，制片方有意大利的，还有很多外国的工作人员，感觉很有趣。电影的拍摄需要大家沟通合作，一开始导演很担心，但是实际拍摄过程沟通很顺利，用中国话说是‘心有灵犀一点通’。”

《谎言西西里》的剧本叙事结构很特别，前半部分是女主角小悠的视角，后半部分是男主角俊浩的视角，这在拍摄上很有难度。“其实2012年拍摄完《分手合约》后，我想下一部不接爱情主题的片子了。”金荣浩回忆起他接拍《谎言西西里》的初衷，“可是林导找到我，说在预算和制作周期时间内要完成拍摄，摄像必须我来。”金荣浩和林育贤导演在2014年拍摄了一部微电影，那是他俩的第一次合作，短短的三天拍摄，让两人一见如故，并在林育贤以“友尽”为威胁下，促成了这第二次合作。“林导在拍摄前预先设想了六个关键的场面：开场的阳光，小悠和俊浩第一次见面，俊浩离开后小悠在梧桐树街道的回忆转现实等等……这些场面的设计算是导演布置给我的作业，要求这些场景画面更有风格特色。”林育贤导演对作品风格化的高要求也激发了金荣浩的创作欲望。金荣浩与林育贤的每一次合作，都是一场产生化学反应的遇见。

自由是最美的创作方式

先有韩国的“都敏俊西”凭借一副冰块脸让国内的姐姐妹妹们欲生欲死，又有《情非得已》的“长腿欧巴”在手机、电视、电脑上各种刷屏。有人质疑：韩剧凭什么这么火？我们为什么拍不出？很快有人给出答案：我们不缺钱，我们不缺人，我们缺故事，缺动人的好故事。国内影人时常感慨韩国编剧在整个创作团队中的地位，感慨国内的很多剧本往往是必须要听由导演、摄像或者制片方的修改。“拍摄中，导演经常会和编剧胡蓉蓉沟通，有修改的地方也一定是充分尊重编剧的设想，我自然也是通过镜头传达剧本想要表现的内在情绪。”对编剧思维的尊重但不逾矩，这是作为摄影指导的金荣浩其职业化水平最直接的体现，据说编剧胡蓉蓉看到拍摄后呈现的画面，感动哭了。

然而对于具体镜头的处理，金荣浩则像是位技法变幻莫测的魔术师：一只苹果，突然就变成了水晶球，当你因猝不及防、惊奇不已时，白鸽一下子飞出来，水晶球早已不见踪影，留给看客无限遐想。金荣浩的摄影风格一直是以自由灵活著称。“这次在拍摄时，无论导演、编剧、摄影，还是其他技术人员，在现场更关注演员的感情演技。拍完两三个之前设定好的镜头后，林导会用手势示意，对我说‘free style！’演员也很喜欢这个！”金荣浩说的“free style”其实是他和林育贤的一种默契，即摆脱走戏时对演员走位和摄影机位或运动路线的设计，摄影师因此可以抓住演员更自然的表情状态和细节。“跟随着自己和演员的感觉来拍，演员不知道摄影机会怎么运动，现场一下子变成一个即兴创作的舞台。”这种创作方式对演员和摄像的专业能力都是极大的考验，说到此处，金荣浩的眼中突然闪烁出兴奋的光芒，如同一个孩子面对即将用积木搭建而成的城堡：“只要跟着自己的心拍摄和表演，往往会带来意想不到的惊喜。”

对合作拍摄的影片类型，金荣浩似乎也是个极其“任性妄为”的人，拉出他近几年拍摄影片的片单：2012年《摩天楼》、2013年《分手合约》、2014年《海盗》、2016年《谎言西西里》，他选片的风格有如轻车野马般自由奔放。“拍过一种类型就想拍另一种，拍摄《摩天楼》和《海盗》那种电影时很危险，还有很多特效，拍的主要是场面和动作，拍摄时几乎消耗掉所有体能。拍完了就想拍摄爱情电影，唤起心中的另一种感情。”爆破场景的确很酷，但金荣浩更享受爱情电影镜头里充满感情的眼神流转。

抬头看看，会有别样风景

小悠和俊浩的爱情被两个城市的阳光润泽着绵延开去：上海，西西里。

和以往电影不同，这次在上海取景，东方明珠、外滩这样的的地标式建筑都没有拍摄，只选择了梧桐树街区作为上海这个主场景的代表。静谧的街道，小悠和俊浩在复古款摩托上同车骑行，阳光透过树叶，洒在脸上，在运动中留下波光粼粼的光晕。金荣浩从摄影的角度，用梧桐树、流动感的光线和演员的表情演技，勾勒出影片中的上海。

这只是金荣浩第二次来上海拍摄，而他对于这座城市的理解却颇为独特。“上海是座特别活泼的城市，有层次感，里弄巷口的错落我很喜欢，特别是梧桐树街道，很漂亮。拍摄时，阳光一瞬间照亮，从叶子的缝隙中透出，剪辑师说在上海头一次看到这么清亮的阳光。”

西西里岛，曾经无上的荣耀，如今剩下的是一种繁华散尽的淡然。爱奥尼亚海岸线蜿蜒而绵长，异常平静的海面如同被微风略微吹皱的丝绸，海鸥稀疏的鸣声在沙滩洒下一串足迹，藏着小悠和俊浩的悄悄话。“西西里的拍摄不同于上海，上海更集中在演员表演的表情细节上，西西里的拍摄则是将演员融入到风景中，用很多大全景来展现西西里的平静与闲适。”从成片素材的效果上可以轻易看出金荣浩对上海和西西里两座城市在影调处理上的区别。"上海部分色彩很丰富，光的对比度较强；意大利色彩比较简单，较浅，没有对比太强的。调色是我在韩国完成的，导演看完觉得画面的影调风格是空前的，和原本中国电影的感觉会有很多不同。"俊浩和小悠不说再见的告别就这样通过金荣浩的镜头，在上海和西西里两座城市的艳阳下娓娓道来。

告别，去遇见下一个自己

离别不是一句话，而是一条路，一条通往另一个自己的路。"看剧本时就感觉故事很有趣，林导提出要做一部离别的电影，不是单纯的离别，是送别，送走一个心爱的人，准备一段离别。"金荣浩自从1999年第一次来中国拍摄，就开启了他中韩两地的"双城记"。在金荣浩的微信朋友圈，能看到微信里的文字都是他自己发的中文。通过在中国工作时候的学习，金荣浩的中文水准已经完全可以让他应付在中国的日常生活。朋友圈里还有他和韩国的小女儿旅行的照片，"小女儿在《海盗》里扮演了一个角色，她对拍电影也很感兴趣。"提到家人，金荣浩的神情柔软而幸福。在中国工作生活，会很想念家人，但回到韩国，陪伴家人的时间依然短暂。"家人很为我的工作自豪。在韩国拍摄时家人会来现场探班，很不巧，每次都是我拍得最辛苦的时候。拍摄《海盗》时，是在冬天，整个人要泡在水池里拍摄很长时间，家人看了觉得很心疼。"金荣浩突然调皮起来说，"拍摄现场的工作人员会教育我的儿女说，你们的爸爸工作很辛苦！我的妻子却感叹说，看来今天来的时机不对啊！"金荣浩开心的笑容在满脸绽放。每一次和家人告别，都是为了去筑一个梦，但无论这个梦多远，终是要回到故乡的家，只有在那里才能找到最真实的自己。

与金荣浩快问快答——

“后面有和林育贤导演继续合作的计划吗？”

“已经基本确认了一部电影的拍摄，《藏地白皮书》，还是凤凰传奇影业出品，目前在确认主演的档期。”

“您和林育贤导演在拍摄想法上有过冲突吗？”

“有过一次冲突，这部电影是我拍摄的第二十部电影，有一段情节，根据经验我觉得剧本描述内容偏长，可以减少，导演减少了一小部分。剪辑后他打电话给我，发现剪完还是很长，很后悔没听取我的意见。”

“中国导演和韩国导演对摄影的要求有什么不同吗？”

“很多人问过我这个问题，其实没什么不同，对艺术的要求不是国家文化的差距，是人和人的区别，关键不是国籍，而是对艺术追求的共鸣。”

“下一部参与的电影是中国的还是韩国的？”

“现在有四个电影在谈，韩国、中国都有，和你的这个采访结束就要和一个韩国导演见面，估计会先去韩国拍摄。”

“说说您喜欢的中国电影。”

“我读书时很喜欢张艺谋的《红高粱》、《大红灯笼高高挂》，还有很多香港导演的片子，后来又看宁浩、贾樟柯的，都是镜头语言很有个人风格的。”

“中国的演员呢？您喜欢谁？”

“黄渤。”

“和中国新生代女演员周冬雨合作有怎么样的感受？”

“周冬雨的表演非常棒，很自由，完全专注在感情演技上，拍她的镜头我会紧张，因为每一条的表演都不太一样，但很有意思。”

“之前和李准基合作过吗？”

“这是第一次合作。”

“感觉如何？”

“李准基是表演很精确的演员，十分专业，如果拿他和周冬雨比较，周冬雨是大草原上追蝴蝶的小女孩，不知下一步会往哪里跳；李准基则像马戏团走钢丝的杂技演员，一丝一毫都不会偏差。还好李准基经验丰富，否则面对周冬雨这样的对手可能会惊慌失措，但两人在一个画面中十分和谐，配合默契。”

“您和韩国女神级的演员孙艺珍有过多次合作，您喜欢哪种表演风格？”

“要看角色需要，孙艺珍从小就演戏，很知道一个特定的场景要做什么，她和中国的白百合都是这种精确的演员。”

“《谎言西西里》中您最喜欢哪些场景？”

“小悠和俊浩在食堂第一次见面的场景，那里面的男女主角很美，周围玻璃反射的光线营造了很好的氛围。还有小悠和俊浩初吻的画面，光线也很美。”

“您会做导演吗？”

“如果再给我一次选择机会，应该还是会做摄像，或者做演员，不过是黄渤那种类型的演员。”

“后面在中国拍摄的日子会考虑让家人一起来生活吗？”

“因为长男明年要考大学，现在也很紧张，妻子也有工作要安排。计划明年让儿子上大学后独立生活，女儿可能来北京读书，妻子也会一起过来。”

“工作之外您有什么爱好？”

“喜欢运动和旅游，前段时间去了大理，后面准备去威海，坐动车去。我也很喜欢养花，但现在不敢养了，没时间照顾。”

“您接戏有什么标准？”

“我的价值观是拍的电影到八十岁能和自己的孙子一起看。以此为标准，惊悚的、残忍的、恐怖的电影我不会选择。下一个优先考虑的不是爱情主题了，这次在《谎言西西里》已经消化掉了，我要去消耗另一种感情。后面对爱情的创作有新的灵感时多再选择爱情主题。暂时告别前一种状态，希望遇见更好的作品。”

图书在版编目（CIP）数据

谎言西西里 / 胡蓉蓉，李米苏著 . — 南京：江苏凤凰文艺出版社，2016

ISBN 978-7-5399-5575-9

Ⅰ . ①谎… Ⅱ . ①胡… ②李… Ⅲ . ①长篇小说－中国－当代 Ⅳ . ① I247.5

中国版本图书馆 CIP 数据核字（2016）第 158332 号

书　　名	谎言西西里
著　　者	胡蓉蓉　李米苏
责任编辑	王雁雁　王宏波
特约策划	黄　蓉　刘风华　强高锋　李浩颢
特约编辑	张童扬　李肇卿
装帧设计	又　一
内文插图	周　婷
联合策划	咪咕阅读
出版发行	江苏凤凰文艺出版社
出版社地址	南京市中央路 165 号，邮编：210009
出版社网址	http://www.jswenyi.com
经　　销	凤凰出版传媒股份有限公司
印　　刷	三河市华东印刷有限公司
开　　本	880 × 1230 毫米　1/32
印　　张	7
字　　数	104 千字
版　　次	2016 年 8 月第 1 版　2020 年 4 月第 2 次印刷
标准书号	ISBN 978-7-5399-5575-9
定　　价	35.00 元

（江苏凤凰文艺版图书凡印刷、装订错误可随时向承印厂调换）

咪咕数字传媒有限公司简介

咪咕数字传媒有限公司（Migu Digital Media Co.Ltd.,简称咪咕数媒）于2015年4月20日正式挂牌成立，是中国移动旗下开展数字出版、新媒体业务的专业公司。旗下拥有咪咕阅读、和新闻、咪咕学堂、咪咕听书等产品。

咪咕数媒的前身中国移动手机阅读基地，于2010年5月正式推出手机阅读业务，并在短短六年时间中发展成为国内数字阅读领先平台。2015年，咪咕数媒全网收入达56亿，累计培养了4.2亿用户的数字阅读习惯。截至2015年底，咪咕业务平台汇聚了46万册精品正版图书内容，涵盖图书、杂志、漫画、听书、图片等产品，同时打造了规模达5000万用户的手机书友悦读会，每年在全国100多个城市举办超过500场名家活动。咪咕数媒也是国内极具影响力的手机新媒体平台，合作媒体超过300家，手机报品类达200余种。

在过去六年的发展中，咪咕数媒（手机阅读基地）一直积极营造开放合作的产业生态，目前已有各类合作伙伴超800家，有力撬动了整个产业链的发展。2015年4月21日，咪咕数媒推动和承办的首届中国数字阅读大会在杭州举行，取得广泛而良好的社会影响。

咪咕数媒创新文化传播业态的做法得到了各级政府和领导的肯定，先后获得了国际产权组织版权金奖（中国）、第三届中国政府出版奖、第四届中国数字出版博览会“数字出版年度示范企业”、浙江省委宣传部“全民手机阅读基地”、浙江省重点创新团队（文化创新类）、浙江省优秀出版物编辑奖、希望工程2015杰出贡献奖等荣誉称号。

未来，公司将围绕“全产品 、全渠道、全用户、全终端、全版权”的发展目标，开启“数字阅读+”计划。在打造智能化、社交化数字阅读平台的同时，拓展文学阅读、专业出版、在线教育、有声阅读、媒体等细分领域，加快转型升级，构建融合、创新、共赢的手机阅读产业生态圈。

咪咕数媒大事记

2009年2月

中国移动手机阅读基地正式启动建设，组建基地团队。

2009年8月

浙江省联合江苏、广东、山东等十省启动试商用规模推广，总部正式批复浙江公司成立手机阅读创新产品基地。

2010年5月

在北京召开“掌中万卷品书香”中国移动手机阅读业务上市发布会，业务正式商用。

2010年6月

中国移动手机阅读献礼建党90周年，启动“读经典 感悟人生”大型红色阅读活动。

2011年2月

手机阅读月收入突破1个亿。

2011年7月

新闻出版总署和中国移动签署战略合作备忘录，并发布“新青年掌上读书计划”。

2012年4月

举办“悦读中国”大型移动互联网读书活动启动仪式暨手机阅读高峰论坛。

2012年11月

手机阅读月访问用户突破1个亿，月收入突破2个亿。

2013年1月

全网手机报业务纳入手机阅读基地整体运营。

2013年12月

中国移动发布商业主品牌“和”，手机阅读业务更名为和阅读。

2014年1月

在北京举办2014中国数字传媒和阅读产业创新大会。

2014年12月

手机阅读基地注册成为咪咕数字传媒有限公司。

2015年4月20日

咪咕数字传媒有限公司正式挂牌，启动运营。

2015年4月21日

举办2015首届中国数字阅读大会，发布2014年度中国数字阅读白皮书。

2015年10月

“和阅读”正式更名为“咪咕阅读”。

2016年4月

举办2016中国数字阅读大会与互联网文学之夜，发布2015年度中国数字阅读白皮书。